ボブが教えてくれたこと

THE LITTLE BOOK OF BOB

ジェームズ・ボーエン
服部京子 訳

辰巳出版

The Little Book of Bob
by James Bowen

写真　平川さやか

装幀　緒方修一

TV star ©Garry Jenkins

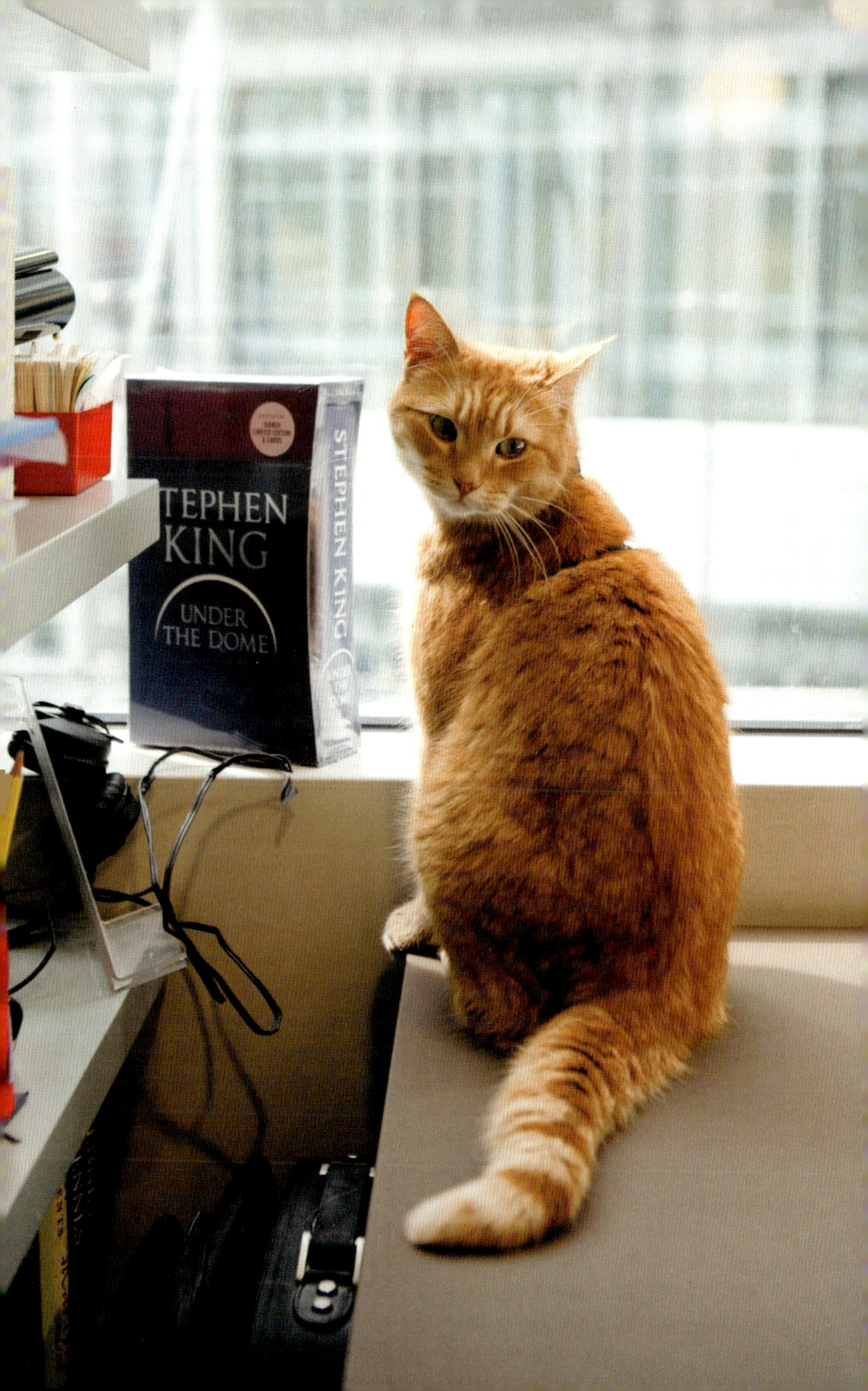
STEPHEN KING
UNDER THE DOME
STEPHEN KING

Curled up with a good book ©Garry Jenkins

Christmas Lights ©Garry Jenkins

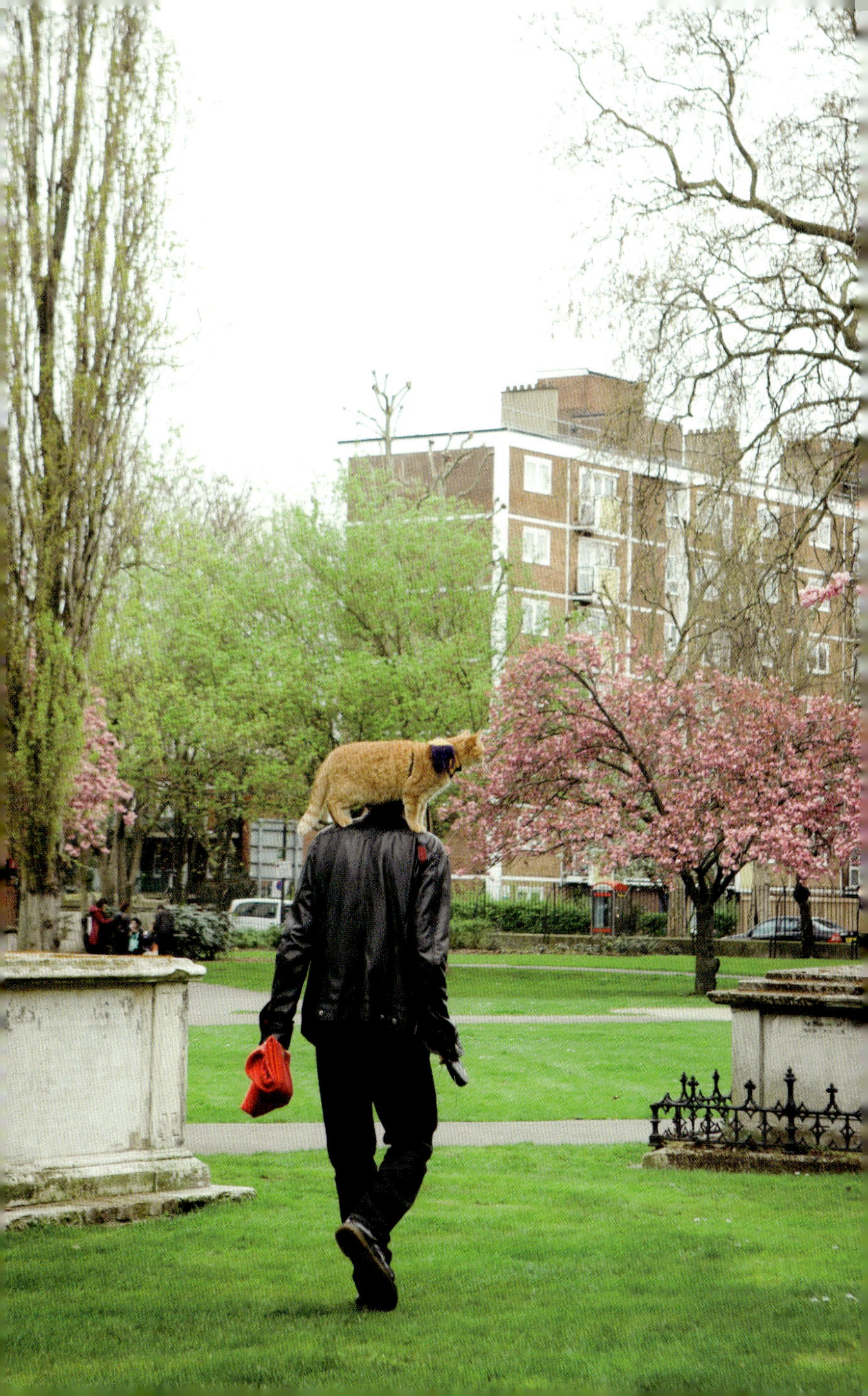

何があろうといつもそばにいてくれる
ロン・リチャードソンへ捧げる

ボブが教えてくれたこと

CONTENTS

幸せな人生を送るために必要となるものなどほとんどない。
それはすべて自分の内部に、自分の考え方のなかにある。

マルクス・アウレリウス

わたしは数多くの哲学者と数多くの猫について学んだ。
猫の知恵のほうが哲学者の知恵よりもはるかにすぐれている。

イポリット・テーヌ

はじめに

　ほとんどの人と同じように、ぼくは人生のなかで何度も何度も間違った選択をしてきた。

　けれど、ボブと名づけた茶トラの野良猫を迎え入れるという選択だけは間違っていなかった。間違っていないどころか大正解だった。いままで生きてきたなかでいちばん賢明な選択だったと言える。さまざまな面でぼくはボブを救い、ボブはぼくを救ってくれた。二〇〇七年の春にボブと出会ったとき、ボブは怪我を負っていた。ぼくはその傷が癒えるまでボブの世話をした。

　それからというもの、ボブはぼくの救世主となった。振りかえってみると、ボブと出会うまえの人生は本当にひどいものだった。およそ十年ものあいだ、ぼくは麻薬の常習者で、その上ホームレスでもあり、路上かホームレス用のシェルターで寝起きしていた。再起するチャンスを逃して瀬戸際の状態にあり、〝猫に九生あり〟ということわざになぞらえると、まさに九つめの人生を生きていた。そこにボブが現われ、助けてくれたおかげで、ぼくは逆境から這いあがることができたのだ。

　頭のなかにはいつも、ぼくと出会うまえのボブはどんな生活を送っていたのだろうという疑問があった。身体に負っていた傷から察するに、その日その日を生き抜くことで精いっぱいだったのだろう。あちこちに擦り傷もできていた。この猫はどうやって毎日を生き延びてきたのだろう。ずっと野良猫だったのだろうか。それとも、以前は誰かに飼われていたのだろうか。ぼくにはまったくわからなかった。

ずっといっしょに暮らしてきたとはいえ、ぼくにもよくわからない部分がボブにはある。いまだにボブには謎が多い。

けれども、はじめからはっきりしていたことがひとつある。ボブには並はずれた知性がそなわっているということ。総じて猫は賢い動物だが、ボブの賢さは桁はずれだ。

ぼくと出会うまえの生活のなかで得た教訓の賜物なのだろうか。ぼくにはわかりようもないが、ボブの知性が古代の哲学者にも匹敵するものなのは確かだ。まわりで何が起きているのか、目の前の人がどんな人間なのか、とにかくあらゆることの本質を見抜いてしまうのだから。まるで以前から知っていたように。生きるとはどういうことかまで熟知している。その上、何事にも決してあわてることなく、困難に直面しても軽々と乗り越えてしまう。

ふたりが出会ってからの約十年で、ボブはますます賢くなった気がする。ぼくの人生も、ふたりの生活を綴った何冊かの本や、〈ボブという名の猫〉という映画のおかげで劇的に変わった。ボブは幸運が重なって訪れた変化にも難なく順応した。本のサイン会でも映画のプレミアでも、とてもくつろいだ様子でお客さんに接していた。以前、ぼくがコヴェント・ガーデンでギターをかき鳴らしたり、ロンドン北部のエンジェルという地下鉄の駅の前で〈ビッグイシュー〉を売っているあいだに歩道にすわっていたときと少しも変わらずに。

猫のことをこんなふうに言うなんてへんだし、ちょっと馬鹿みたいだと思われるかもしれないけれど、実際にぼくはボブから生きていく上でのヒントを与えられている。すわりこんでボブを見ているだけで心が湧きたってくるときもある。ボブのひとつひとつの仕草や振る舞い、世の中とのかかわり方やさまざまな状況への対処の仕方、それに毎日の暮らしぶりにまで、ぼくは魅了されっぱなしだ。ボブといっしょにいることで幾度となく目を見開かされる思いがしたし、前向きに考えることもできた。これまでの十年ちょっとのあいだ、ボブはぼくにとってまさしく師でありつづけてくれた。

今回、ボブと過ごした年月のなかでぼくが経験したり発見したことをこの本にまとめてみた。ボブが路上で培った生きるための知恵をみんなと共有したいという思いをこめて。なんらかの形でみなさんの役に立ってくれればさいわいだ。ぼくが助けられたのと同じように。

ジェームズ・ボーエン
二〇一八年、ロンドンにて

PART ❶

本物の友情とは

お互いを信頼するなかで
見つけたこと

人間が猫を選ぶのではない。選ぶのは猫のほうだ。よくそんなふうに言われる。たぶん、それは本当だろう。猫は驚くほど知的な生き物なのだから。とても賢くて、人間が見落としがちなもの、そう、友情の大切さをよくわかっている。ボブのおかげで友情はかけがえのないものだとぼくはあらためて感じるようになった。

友情は新しい靴のようなもの

いっしょに暮らしはじめたころは、ボブはどことなく落ち着きがなかった。それはだめ、あれはだめ、と言われるとムッとして、ぼくは聞きわけのない猫に手を焼いた。去勢手術を受けさせるまえは暴れるわひっかくわの大騒ぎで、ときには本当に怒りだし、おかげでぼくの手は傷だらけだった。

そんなのどうってことない、ぜんぜん気にならなかったよ、と言ったら嘘になる。それでも、この猫がいとおしい、仲よくなりたいとぼくは思いはじめていた。

ある夜、地元のチャリティー・ショップで買ったばかりのブーツを脱いでようやく人心地ついたとき、ふと不安が頭をよぎった。

ボブはアパートメントのなかを歩きまわり、ちょっとイラついているようだった。原因は、その少しまえの夕暮れどきに、以前に買ったトイレ用のトレイをぼくが無理やり使わせようとしたからだった。そのときボブは「シャー」と威嚇までして使うのを拒んだ。

このままではボブはこのアパートメントの暮らしに愛想をつかすだろう、とぼくは思ってしまった。こちらのやることなすことにボブはイラついてしまうだろうと。だが、ぼくらはそれぞれの個性を尊重しあい、互いに相手の流儀に少しずつ慣れていくというやり方で辛抱強く友情を育んでいった。

ふたりの友情は、ちょうどいい頃合いになるまで時間がかかるという点で新しい靴とよく似ていた。最初はお互いに相手に腹を立てて不快感をあらわにもしたが、最終的にはふたりでいると心地よいという心境に落ち着いた。新しい靴がやがてぴたりと足にフィットするように。

自由な心の自由な猫

ボブとぼくが離れられない運命にあると悟った瞬間は、忘れもしない、ロンドンの中心部へ向かうバスにボブが跳び乗ってきたときだ。

ぼくは驚きのあまり言葉を失った。アパートメントからバス停までついてきたボブを追い払い、バスが来たときにはその姿は歩道の人ごみのなかに消えようとしていたのだから。それなのに、ボブはいきなりバスに乗りこんできて、ぼくのとなりの席に陣取った上、ギターケースに寄り添うようにして身体を丸めた。まるでぼくの手荷物の一部になったみたいに。

バスの車掌は笑みを浮かべて「この子、あなたの猫？」と訊いてきた。

そのときは「まあ、たぶん、そうだと思うよ」と答えたものの、あとになってそれはちがうと気づいた。

ボブは自分の力で生きる、自由な猫だ。昔もいまも〝ぼくの猫〟ではないし、誰のものでもない。現状では、ぼくらはともに暮らすことを選択している。だからといってこれから先もいっしょかどうかは誰にもわからない。たぶん、ずっと変わらずに友だちでいてくれると思うが、ボブは自由な猫なのだから、気が向いたときにふいっと去っていってしまうかもしれない。

どんな友情にも〝自由〟が重要な意味を持つにちがいない。

いっしょのほうが強い

ともに暮らしはじめてから数週間が過ぎたある夜のこと。ぼくは夕食の用意をしていた。メニューはミートソース・スパゲティ。ボブはキッチンの隅っこで丸くなり、じっとこちらを見ていた。

ラジオから流れる音楽を聴きながら、湯を沸かしてスパゲティの袋を開けたとき、ふと子どものころの記憶が頭をよぎった。

遠い昔に読んだ寓話かおとぎ話の一部で、年老いた教師が束ねた棒を使って子どもにひとつの教訓を伝えているシーンだ。

「これを見てごらん、ボブ」ぼくはそう言って、ぐつぐつ沸いている湯のなかに入れるまえに、一本のスパゲティを抜きだしてぽきっと折ってみせた。

「これが、ぼくらが友だちになるまえのきみとぼくだ。別々に生きていたときの」

それから束になったスパゲティを取りだし、握りながら右へ左へとしならせてみせた。今度はぽきっと折れはしなかった。

「そして、こっちがいまのきみとぼく」

ボブは「頭がおかしくなっちゃったんじゃないの?」とでも言いたげに首を傾げた。もちろん、ぼくの頭は正常だった。金言みたいな立派なフレーズを思いつくほどではなかったけれど。

ぼくらが出会っていなかったら、ボブは寒いなか、ひとりぼっちで腹を空かせて路上でその夜を過ごしていたかもしれない。同じように、ぼくだって薬物依存症のホームレスとして人生の目的も目標も何ひとつなく路上で震えていたかもしれない。でも現実はそうじゃなかった。ぼくたちはお互いを見つけあったのだ。そのおかげで、ちょっとはましな、安全で健康的な生活を送ることができた。

あたりまえのことかもしれないけれど、ひとりよりも誰かといっしょのほうがうんと強くなれる。

困ったときの友

誰にでも〝まさかのときに頼りにならない友人〟がいるだろう。そういう種類の友人は順風満帆のときはそばにいる。祝いの席やパーティーなんかにも、気づくといっしょに参加している。だが、風向きが変わって人生が避けようもなく困難に直面したとき、彼らは知らぬ存ぜぬを決めこむか、ふいに姿を消してしまう。そういうのは本当の友だちとは言えない。困ったときに近くにいてくれるのが本当の友だちだ。見返りに得るものが何もない場合でも。悪くすると、友のために犠牲を払わねばならない場合でも。

ボブにはなんでも自由気ままに、好きなように過ごせる時間がある。好きなときに好きな場所で寝るし、アパートメントのなかでも、もっと広い世界でも、自由に探検できる。

その一方で〝いま自分は必要とされている〟と感知する能力も持っている。最初にそれを実感したのは、ともに暮らしはじめてから数週間後の、ぼくがひどい風邪を引いたときだった。ベッドから抜けだせぬまま咳や鼻水がとまらず、いつになったら治るのかと途方に暮れていたそのとき、顔からほんの少し離れたところでボブが丸くなっているのに気づいた。ボブはリズミカルに喉をごろごろと鳴らしていた。ただそれだけで、ぼくの心は安らいだ。

自分はひとりきりじゃないと感じさせてくれた。ごろごろ音を聞いていると風邪の症状が軽くなる気さえした。もうひとつ、それまではなじみのなかった、友だちがいてくれる、人生を誰かとわかちあっているという感覚に包まれた。

ボブは時と場合をしっかり見きわめて、ぼくが落ちこんでいるとかならずそばにいてくれる。どういうときに友だちとして寄り添うべきか、直感的にわかるみたいだ。

ボブのおかげで友情とはどういうものかがわかった。四六時中そばにいればいいというものではない。ここぞというときに寄り添う、それが大切なのだ。

同じ道を歩む

自分がこれまでに乗り越えてきた道のりを誰かにわかってもらいたいと思ったとき、その誰かが自分と同じ道を歩いていなければ、そうそう簡単には理解してもらえないだろう。だからこそ、ともに困難をくぐり抜けた者同士がかたい友情で結ばれるようになる。その時期がつらければつらいほど、両者の結びつきはより強いものになる。

ボブとぼくの場合のように。

ぼくらはともにさまざまな経験をした。悪いときもあれば、いいときもあった。道をわかつことなく同じ道をずっと歩いてきた。ぼくらが強い絆で結ばれているのは、出会ってからというもの、苦楽をともにわかちあってきたからだと言える。

本当の友だちならわかってくれる

何もかもいやになる日が誰にでもかならずある。どういうわけかすべてがうまくいかないときや、何を見ても憂鬱になる日も。

自分でもなぜかは説明できないし、する気にもならない。そういうときはただドアを閉めてひとりになり、何もかも締めだしてしまいたいと思うだけだ。〝スランプ〟でも〝憂鬱〟でも〝何をやってもうまくいかない日〟でも、好きなように呼べばいい。呼び方が変わっても意味は同じだ。

ぼくがそういった状態に陥るとボブの友情の形が微妙に変わる。たとえば、こっちが気づかないうちにボブは椅子やベッドの下にもぐりこんで姿を消す。でもちゃんと相棒の様子をうかがい、〝待機〟してくれている。

まるでぼくの気分の変化を感じとっているみたいに。ひとりでいたいと思う反面、まったくの孤独はいやだという気持ちを汲んでくれているかのように。〝わかってるよ〟と態度で示してくれているのかもしれない。

そういう姿を見ているうちに、それが真の友の証《あかし》だとぼくにもわかってきた。気分が沈んでいるときに「どうしてそんなに落ちこんでいるのか」なんて訊かれるのはご免だ。本当の友だちなら直感的に悟ってくれるにちがいない。落ちこんでいる当人にしてみれば、説明せずにすむならそれに越したことはない。ただ自分の気持ちを汲みとってくれる誰かがいれば充分。それ以上は何も望まない。

失いそうになって、あらためて友のありがたさがわかる

数年前、ぼくは深部静脈血栓症《DVT》と診断されて入院を余儀なくされた。病状はかなり深刻で、そうなってみてはじめて、健康への気配りをまったくしてこなかった自分に気づいた。病気とは無縁で、健康でいるのがあたりまえだと思いこんでいたのだ。路上で暮らし、麻薬を常用していたときにみずからの身体に多大なダメージを与えていたというのに。

入院中は思いのほかボブの不在が身にこたえた。そのころには、ボブはいつでもそばにいて元気づけてくれる、かけがえのない友人になっていたからだ。

ボブが恋しくて仕方なかったが、当然、ボブは病院へ見舞いには来られなかった。

退院の日が来た。医師の治療や処方してくれた薬のおかげで元気になったが、何よりもボブと

またいっしょに暮らせるという思いがいちばんの薬だった。いまでも、ボブと少しのあいだ離れるたびにあのころを思いだし、ボブとともに人生を送れるという幸運にあらためて感謝している。友情は――健康も――ややもすると見失いがちになる。取り戻したときに、それがあってあたりまえではなくいかに大切なものかが実感できる。

よい友人はよい影響を与えてくれる

ある夜、ぼくはボブといっしょに地下鉄に乗って帰宅することにした。サッカーの試合があったらしく、車内にはチームのマフラーを巻き、ユニフォームを着た興奮気味のファンが大勢乗りこんでいた。ぼくらは熱気さめやらぬ四人の若者のグループのすぐ近くに押しやられてしまった。地下鉄が発車すると、四人のうちのひとりがこちらの目の前でチームソングを大声で歌いはじめた。肩に乗っていたボブはその声にびっくりしたが、ロンドンの通勤客なみの忍耐強さを発揮して我慢し、一瞬、背中を弓なりに丸めたあと、騒がしい若者たちに背を向けてぼくのコートに鼻先を押しつけてきた。スイッチを切って、まわりの喧噪をシャットアウトするみたいに。

その日はすばらしい一日とは言えず、そのせいもあってか、ぼくは若者の振る舞いに辟易した。「もう少し声をおさえてくれないかな。猫が怖がってるみたいなんだ」ぼくはできるだけ穏やかに言った。

四人の若者は不審げな顔を向けてきた。そして目配せを交わし、いきなり笑いだした。肩に猫を乗せた男から小言を食らうなんて思いもよらなかったのだろう。だが意外にも、彼らは〝わかった〟というしるしに軽く会釈してみせた。それからは地下鉄を降りていくまでずっと節度を守ってくれた。

数年前なら、ぼくは大声を張りあげ、怒りにわれを忘れて喧嘩腰で抗議していたかもしれない。だがその夜は、若者がちょっとはめをはずしているだけだと納得できた。とくに害になるわけじゃないし、目くじらを立てるほどのことじゃないと思い、余計なことは言わず、そのまま放っておいた。そんな気持ちになれたのもボブのおかげだ。

ボブはいままでとはちがったふうに世界を見る手助けをしてくれた。思いやるべき家族ができて、ぼくには責任感が芽生えた。それまで一度も持ちあわせたことがなかった感情だ。自分以外の誰かを思いやることで、ぼくは自己中心的な考えに走るのをやめ、以前よりもやさしく、思慮深い人間になれたのだと思う。

友だちの前でなら、いくらでも馬鹿なまねをしでかせる

ボブはときどき予想もつかないようなことをやらかす。ソファの背に乗っかって腹ばいになり、四本の脚をだらんとさせて、いまにも床に落っこちそうな危うい体勢のまま寝こんでしまうとか。ジャンプを繰りかえしながら部屋のなかをすごい勢いで駆けまわるとか。ハエだかハチだかを追っているのかもしれないが、どこにも獲物の姿は見えない――少なくとも、ぼくの目には。よく知らない人がいきなりとんでもないことをやりはじめたら、こっちは面食らって不安になるかもしれない。おとなしそうな人が暴れだしたら、眉をひそめてしまうかもしれない。きみがそんな人間だとは思わなかった、と唖然として。でも、相手がボブならだいじょうぶ。親友が何をやらかそうと、ぼくはぜんぜん平気だ。

ボブがおかしな行動をとったとしても、「いったいどうしたんだ?」とか「頭がどうかしちゃったんじゃないか?」とか思ったりせず、ただ眺めて、笑うだけ（もちろん、家具をガリガリひっかいて傷だらけにする場合は別だけど）。

かたい友情で結ばれた友がそばにいるのは本当にありがたい。いつでもありのままの自分でいられるし、ゆったりとくつろげて、ときに馬鹿なまねをしでかしても許される。お互いにわかりあっていればそれを深刻にとらえることもない。相手がどんなふうに振る舞おうと、絆は揺らぎ

はしない。

幸運をわけあう

ボブがぼくの運命を変えた。大げさではなく、これは事実だ。ともに過ごした十年で、ぼくの人生は劇的に変わった。最初にチームを組んだときは、路上演奏をやり、雑誌の〈ビッグイシュー〉を売ってその日暮らしの日々を送っていたが、この数年でぼくらの仕事はまったくちがうものになった。本や映画の宣伝のために公式なイベントやサイン会に出席し、テレビにも出演した。

他人がどう判断するにしろ、この数年のあいだにぼく自身、自分ではそれほど変わっていないと思うが、ボブは少しも変わっていないと百パーセント言い切れる。出会ってからずっと〝禅的な猫〟のままだ。世界じゅうを旅して、何千人もの人に会い、数えきれないほどのテレビ番組にも出演した。イングランドのトゥルーロやスコットランドのグラスゴーをまわり、ベルリンや東京へも行った。生活は激変したけれど、ボブはあいかわらず冷静で落ち着いている。

ときには不機嫌になることもあった。誰だって忙しければそうなる。けれども、不満げなうなり声をあげることはめったになかった。リズミカルに尻尾を振りながらじっとすわり、控えめに喉をごろごろ鳴らす。そんなボブを見て、人びとの顔には笑みが広がる。ボブがまわりの人たちを幸せな気分にするのを眺めるのは、もう、うれしいなんてもんじゃない。ボブ自身も幸せで大満足なのだから、喜びもひとしおだ。

悩みをわかちあえば心の負担は半分になる。逆もまたしかり。幸運をわけあえば喜びは二倍になる。

友を信じればかならず応えてくれる

ぼくの胃はぐるぐるまわっていた。ボウ・ストリートとドゥルリー・レーンに挟まれた路地にずらりと並べられたライトやカメラの前にボブを連れていったときのことだ。

映画の〈ボブという名の猫〉の撮影がはじまってからすでに二週間ほどがたっていた。監督のロジャー・スポティスウッドはボブを演じるボブを待ち構えていた。ロジャーとプロデューサーのアダム・ローストンから「せっかくの機会だから」と言われ、ボブの出演にオーケーを出したものの、ぼくは不安でたまらなかった。

撮影現場にはジェームズ役の俳優、ルーク・トレッダウェイも来ていて、歩道にすわりギターを弾いていた。ボブにとっては庭みたいな場所だ。何年もそこで働いていたのだから。

いざ現場にボブを連れていきながらも、ぼくの頭のなかは〝本当にだいじょうぶか〟という思いでいっぱいだった。ボブは役を演じて楽しいだろうか。いかに賢い猫とはいえ、要求に応えられるだろうか。ぼくとしては、関係者をがっかりさせたくなかったし、彼らの貴重な時間を無駄にはしたくなかった。

ところが、カメラがまわりはじめてからすぐに、ボブはびっくりするようなことをやってのけた。エキストラの人たちが次々にギターケースのなかにコインを落としていくのを見て、彼らのひとりひとりに会釈してみせたのだ。まるで「ありがとう」と言っているみたいに。

スタッフたちの顔はちょっとした見ものだった。「猫が会釈したよな？　おれの目がへんなんじゃないよな？」と驚き顔で自問自答を繰りかえしていたのだから。確かにボブは会釈していた。次のテイクでも。その次のテイクでも。

それがきっかけとなってボブはできるかぎり多くのシーンに登場することになり、カナダからやってきた茶トラの〝役者猫〟たちといっしょに働いた。その共演者たちは、ボブには無理そうな、より難しい演技ができるよう訓練されていた。彼らはボブになりきって大活躍した。

現実とは思えないあの数週間で、ぼくは多くのことを学んだ。なかでもあの日にボブが教えてくれたことがいちばん胸に響いた。それは、信頼すること。自分を信じてくれる友だちを信じること。そうすれば、友はかならず信頼に応えてくれる。

本当の友人は決して心のなかから消せない

ともに暮らした年月のなかで、ボブは二度ぼくのもとから逃げだした。どちらも出会ってからいくらもたたないころの出来事で、一度目は奇妙なコスチュームを身に着けた男に、二度目は獰猛な犬に怯えて走り去ってしまったのだ。

いずれの場合も再会できたが、無事にもとどおりになったからといって、離れ離れがつらくなかったわけではない。ボブが見つからないあいだは、まるで身体の一部が壊れてしまったみたいに痛みを感じつづけていた。それがどういう意味を持つのか理解したのはあとになってからだった。

去ってしまったからと諦めがつく友人は、本当の友ではない。

本当の友だちは、心のなかから決して消すことはできない。たとえ離れ離れになっていても、友情は胸のなかで生きつづける。自分の一部として、いつまでもそこにある。

Sleepy Bob ©Garry Jenkins

自分を信じてくれる友だちを信じること。
そうすれば、友はかならず信頼に応えてくれる。

PART 2

ボブの暮らし方に学ぶ

幸せに生きるには
何が必要か

ぼくたちはみな幸福を探し求めている。どこでどうすれば幸せを得られるのか。満ち足りた暮らしのための土台となるもの、加えるべき要素はなんなのか。幸せになるには何が必要なのか。

過去十年間、ぼくはボブといっしょにずっとそれを自問してきた。そんなぼくにボブは答えを見つける手助けをしてくれた。

存在を認めてもらう

いっしょに暮らしはじめたころ、なでてもらったり、かまってもらったりするとボブがすごくよろこぶことにぼくは気づいた。おそらく、長いあいだ誰からも相手にしてもらえず、ずっと無視されつづけていたからだろう。

チームを組んで働いたのをきっかけにボブが注目されるようになったのはうれしい出来事だったが、ぼくは複雑な気持ちにもなった。楽しげなボブを見るにつけ、それ以前の生活がよほど孤独だったのだと想像がついたからだ。路地裏にひとりで寝て、誰からもかえりみられず、徹底的に無視されていたのだと。

どういう気持ちだったかを想像する必要はなかった。路上暮らしをしていたぼくにも、それがどんなものかは痛いほどわかっていたから。ぼくも無視されるか、クズ呼ばわりされていた。そこにいないも同然の透明人間だった。注目されてボブがあんなによろこんだのは、自分が重要な存在、特別な存在だと感じられたからだったにちがいない。

ぼくらはみな、自分の存在を認めてもらいたがっている。ひとりひとりが大切な人であり、かならず誰かから必要とされているのだと。

生活のパターンをつくる

ボブがより穏やかになり、満足げに過ごすようになったのは、生活のパターンが確立しはじめたころだった。食事は朝と夕方のほぼ決まった時間に二回。きちんきちんと食事をとれれば、うろうろしたり、そわそわしたりもしなくなった。それ以外の好きな時間に昼寝ができれば、むやみに暴れることもなく、イラついたりもしなかった。

その後、いっしょに仕事に出かけるようになると、生活パターンはより固定化した。夏には、路上演奏をしにコヴェント・ガーデンへ出かけるのは夕方と決まっていた。夏の夕暮れどきから夜にかけては、大勢の人が街へ繰りだすからだ。街の中心部まで行き着くには、ふつうは四十五分くらいかかり、夕方のラッシュどきをねらうには五時前には出発しなくてはならなかった。ボブは四時半になるとかならず玄関へ向かい、待機した。まるでこんなメッセージを伝えるみたいに。「おーい、急ぎなよ。バスに乗り遅れたらたいへんだ」

ボブが時計がわりのようなものだった。一度ならず日覚まし時計の役割も果たして、寝ぼけまなこの相棒を急きたてたこともあった。

毎日の日課を決めれば生活の基本がしっかりする。さらに重要なのは、そこに安心感が生まれることだ。着実に日々を送っているという実感もきっと湧くだろう。

自分の場所を確保する

ボブ独特の流儀を知るようになると、結局のところボブとぼくにはそれほど大きな違いはないとわかってきた。それに気づいてからは、ボブなりのくつろぎの作法を理解するようになった。たとえば、縄張り。猫にとってはとても大切なものだ。縄張りを守るために、猫は臭腺がある肉球と、肉球から出るにおいのついた爪を使って行く先々ににおいをつけてまわる。家具に触ったり爪でガリガリひっかいたりするのもそのためだ。もちろん、ひっかく対象には人間も含まれる。そうやって、自分のにおいがついて安心できる場所を確保する。

いっしょに暮らしはじめたころ、ぼくはなんとか〝ガリガリ〟をやめさせようとした。部屋の隅に置いてあった壊れかけの椅子の脚をボブがひっかきはじめると、そっと椅子から引き離したりもした。

ガリガリやるのは猫にとってなくてはならない習性なのだと気づいたのは、ある友人が黒いラブラドールを連れてやってきたときだった。ボブは犬をひと目見るなり背中を丸めて「シャー」と威嚇し、部屋の隅の安全そうな場所へ退散した。犬のほうは二、三度吠えたあと、すぐに落ち着いた。ボブは犬を射るような目つきで睨んでいたが、犬が部屋から出ていくと、すぐさま部屋じゅうの〝点検〟をはじめ、あらゆるものに触り、ひっかいた。

ここは自分の縄張りだ、と言外に主張していたのだ。

人間にだってそれぞれ〝自分の城〟がある。それこそ猫の〝においづけ〟につうじるやり方で「ここは自分の場所」だと主張する。たとえば、お気に入りの家具を配置するとか、部屋の色調を好きな色で統一するとか、壁に絵や写真を飾るとか。他人がずかずかと入ってきたり、コーディネートを台無しにしたら怒りもするだろう。

犬の一件があってから、ぼくはボブの好きにさせるようにした。いまもボブは、ぼくを含めて、家具やドア、暖房器具など、あらゆるところを触り、ひっかき、頭をこすりつけている。ここが自分の縄張りだと感じられれば気持ちが落ち着くし、何よりも安心できるにちがいない。

自分のことは自分で、という気構えを持つ

ボブはいつでも自分のことは自分でやる。路上で自力で生きてきた経験がそうさせるのだろう。生活する上で何かの必要が生じたら、誰かに頼るのではなく自分でなんとかするのがいちばんいい。ボブはしっかりとそのことを学んだらしい。

たとえば、いっしょに暮らしはじめたころ、ボブは戸棚の扉を開けることを覚えた。そうすれば食べ物を探せるから。用を足すにはどこへ行けばいいかもすぐに覚えたし、驚いたことに、一

度だけアパートメントのトイレを使ったこともあった。

ここ最近、ボブはさらに臨機応変になった。新しい家では、自分であちこちのドアを開けて自由に出入りしている。キッチンのドアは言うまでもない。二階に設置してあるシンクに跳び乗り、蛇口から水を出すことも覚えた。ボブは流れる水を眺めるのが大好きで、暑さでまいったときにはてのひらで水を受けとめ、それをなめて喉の渇きを癒やしている。

そんな様子を見ているとついつい笑みがこぼれる。それと同時に、またひとつボブから大切なことを教えられた気にもなる。自分のことは自分でやるという気構えが大事だと。その気構えがあれば自分の人生をコントロールできるはずだ。

守られているという感覚

いっしょに住みはじめてからまだ間もないある日、ロンドンの中心部にいたぼくたちは爆発音を耳にした。まわりは騒然となった。なんという物騒な時代だろう。何が起きたのか、身を伏せるべきか、安全な場所へ逃げるべきか、誰にもわからなかった。結局、大事《おおごと》ではなかったようで、しばらくするとあたりは普段どおりになった。

並んで歩いていたボブはすぐさま爆発音に反応し、ぼくの肩に跳び乗ってきた。もっとも、騒然とした雰囲気に呑みこまれ、ぼくのほうにはボブが乗ってきたという感覚すらなかったのだが。騒ぎがおさまってはじめて、ボブが肩の上にいて、こちらの首にしっかりと身体を巻きつけているのに気づいた。

ロンドンの中心部を歩いているときにボブが肩に乗ることはよくあったが、危機を察知して条件反射的に跳び乗ってくることはそれまで一度もなかった。あのときは、ぼくの肩がいちばん安全な場所に思えたのだろう。そう思ってもらえてぼくはうれしかった。ボブがぼくと暮らすことにしたのは、守られて安心を得られるというのがひとつの理由だったのかもしれない。

誰にとっても安心して暮らせる、誰かや何かに守られているという感覚は必要だろう。

本来の自分でいる

猫は本来、捕食者だ。もちろん、ボブも。散歩に出かけた公園の茂みのなかでネズミをつかまえてくることもある。飼い猫がネズミをくわえて帰ってきたら飼い主は驚いたり、迷惑がったりするかもしれないが、ぼくはちがう。ボブのなかには野生が息づいているのだから。ただし、食べようとしたらさすがに〝待った〟をかけるだろうけれど。

猫には猫の、人間には人間の、それぞれ生まれながらの特性がある。他者の本来の性質を、型にはめこんで変えてしまおうとする人がいるが、ぼくにはそんなことをするつもりはない。ボブには強い個性があり、ボブにはボブのままでいてほしいと思っている。振りかえってみると、それもボブがぼくと生きると決めた理由のひとつだったのかもしれない。〝こんなふうになれ〟と他人から押しつけられるなんてまっぴらだ。誰しもみな自分らしくのびのびと生きたいと望んでいるはずだ。

信じる者は救われる

ある夜、ウェスト・エンドの歩道で仕事をしていたときのこと。身なりのよいひとりの男性が地下鉄の出口から現われ、ぼくらのいる場所からほど近いところでプラカードを掲げた。

そこにはこう書かれていた。〝神を信じよ〟

ぼくには気にとめている暇はなかった。夕方のラッシュアワーが終わるまでにあと十部は〈ビッグイシュー〉を売って生活費を稼ぐ必要があった。

男性は聖書の一節を読みあげて説教をはじめたが、彼の話に耳を傾ける人はほとんどいなかった。あからさまにののしる者はいたけれど。彼は怯みもせず、ぼくはその姿にちょっと感心した。心から信じているものがあるのだろうと。

しばらく彼を眺めていて、ふと頭にひとつの問いが浮かんだ。

じゃあ、ぼくは何を信じているのだろう？

ぼんやり考えていると、ボブがにゃあと鳴いて「お腹がへった」と伝えてきた。ぼくはリュックサックのなかからおやつを取りだし、腰をかがめてボブに食べさせた。すっかり食べてからボブはぼくの手に頭をこすりつけ、静かに喉をごろごろ鳴らした。

そのときふいに答えが見つかった。

「ぼくが信じているのはきみだ、ボブ」

心からそう思えた。ボブは人生をやり直すきっかけや生きていく上での目的を与えてくれた。ものの見方も変えてくれた。おかげでぼくはそれまでの自分にはなかった充実した生活を手に入れた。

同じようにボブも信じるべき何かを求めていたはずだ。ぼくらはみな心のよりどころを必要としている。

自分の城を守る

ロンドン近郊のサリーに建つ新しい家に引っ越して間もない、ある晴れた週末の午後のこと。一階へ降りると、ボブの姿はどこにもなかった。

ここ何日かボブは見慣れない庭を探索し、草や植物のにおいを嗅ぎ、木にとまっている鳥を眺めていたので、ぼくは小さな庭へ探しに出てみた。庭の一角に目をやると、見間違えようもない茶色の毛並が外との境となっている柵の向こう側へ消えようとしているところだった。

どこへ行くつもりなのだろう。ボブが家から離れて遠出することはあまりなかったので少し心配にはなったものの、すぐに帰ってくると思い、急いであとを追うことはしなかった。

しかし、二時間ほどたったころ、だんだん不安がつのってきた。もうすぐ日が暮れるし、ボブを一晩じゅう外に出しておくわけにはいかない。ぼくはまた庭に出て、大声でボブの名を呼んだ。けれども、ボブの姿はどこにもなかった。

家のなかへ戻ろうとしたちょうどそのとき、二匹の猫が威嚇しあっている声が聞こえてきた。柵から二フィートほど離れたところで、ボブと大きな黒猫が睨みあっていた。ぼくの姿を見るやいなや、ボブはダッシュしてぼくの腕のなかに跳びこんできた。まるで数時間ではなく数年ものあいだ離れ離れになっていたみたいに。

何が起きていたかはあきらかだった。新たな場所へ引っ越したときに、程度の差こそあれ、誰もがやるべきことをボブもやっていた。近所の様子を調べ、自分の縄張りとしてマーキングしていたのだ。自分の〝城〟の周囲を確認し、それですっかり満足したのか、ボブはそれ以降、庭から目的もなく外へ出ていくことはなくなった。

大切な品々をきちんと保管する

新しい家に引っ越してから間もないころ、ぼくは思いたって居間を徹底的に掃除することにした。掃除機のやかましい音が大嫌いなボブはさっさと二階へ逃げていった。ソファをずらしてみると、思いがけないものが目に飛びこんできた。

ソファの下にはボブの〝私物〟がたくさん置かれていて、アラジンの洞窟さながらだった。ボブは世界じゅうのファンからおもちゃを贈られ、いつもそれで遊んでいる。どういうわけか、そういったおもちゃや動物のぬいぐるみ、ボールなんかをせっせとソファの下に持ちこんでいたらしい。なかにはペットボトルの蓋もあった。そういえば、キッチンで見つけてきた蓋で楽しそうに遊んでいるところを見た覚えもあった。

蓋も含めて、ボブはたくさんの遊び道具をそこにためこんでいたようだ。

さすがに蓋はゴミ箱に捨てたが、あとのおもちゃは全部、大きな箱に入れて廊下へ置いた。

ぼくは興味をそそられた。ボブはどうしてこんなふうにものをためこんでいたのだろう。新しい家にほかの猫や動物も住むと思い、その子たちにおもちゃが盗まれるかもと心配したのだろうか。それとも、新しい家具を運びこみ、いらないものを捨てるぼくを見て、自分のものを安全な場所に隠したのか。

いろいろと考えられるけれど、確かなのは、それらの品々がボブにとってはとても大切なものだということ。ちゃんと保管されていると確認できれば安心するのだろう。ぼくにも似たようなところがある。

写真やファンからのプレゼント、本や旅先で手に入れた思い出の品などをぼくも大切にしていて、居間や仕事場にしている部屋にきちんと保管している。どれもぼくにとっては貴重で、価値があるものばかりだ。

そういったものを家のなかにきちんとしまっておけば、ここが自分の城だという実感が湧いて安心できるにちがいない。

ときには不安定な要素があってもいい

新しい家に注文していた組立式の家具がいくつか届き、ぼくは暇を見つけては組み立てはじめた。廊下はダンボールの空き箱や梱包シート、発泡スチロールなどでいっぱいになった。当然のように、ボブは心を奪われた。箱などが散乱する家のなかはボブにとっては遊園地みたいなもので、何をおいてもまず探検せねばと思ったらしい。

居間でコーヒーテーブルの組み立てが完了したとき、同じ部屋のなかでボブが遊んでいるのに気づいた。

ボブは梱包シートと発泡スチロールに興味しんしんで、ぷちぷちとつぶれる音、キーキーこすれる音にすっかり夢中になっていた。もちろん、箱を見逃すはずはなく、まずは小さめの箱によじのぼって、どれがいちばんいいベッドになるかひとつひとつ確認しているみたいだった。中身を組み立ててしまったのだからみんなゴミ箱行きだよ、とは言いだせない雰囲気だった。

部屋のなかには戸棚のパーツが入っていた背の高い箱もいくつかあり、互いに寄りかかって立つ様子が前衛美術の彫刻作品のようにも見えた。ボブはそのうちのひとつによじのぼろうとしていた。箱のなかはからっぽだし、背が高いぶん安定も欠いているのでボブの体重を支えきれないだろうとは思ったが、ぼくは好きにさせておいた。

案の定、ボブがダンボール箱のてっぺんにたどりついた直後、前衛彫刻作品もどきを形づくっていた箱すべてが倒れた。敏捷性にかけては他の追随を許さないボブのことだから、見事にひらりと着地を決めたものの、お楽しみがあっという間に終わってしまってちょっとムッとしているようだった。

ぼくは声を立てて笑わずにはいられなかった。

ぼくらはみな安定を求めているが、ときには不安定な要素があってもいいんじゃないかと思えた。先が見えない事態に直面するとそれなりにチャレンジ精神が湧くし、何かを学ぶチャンスにもなる。成長の糧ともなる。さらに、楽しみながら挑戦できれば言うことなしだ。

BOB

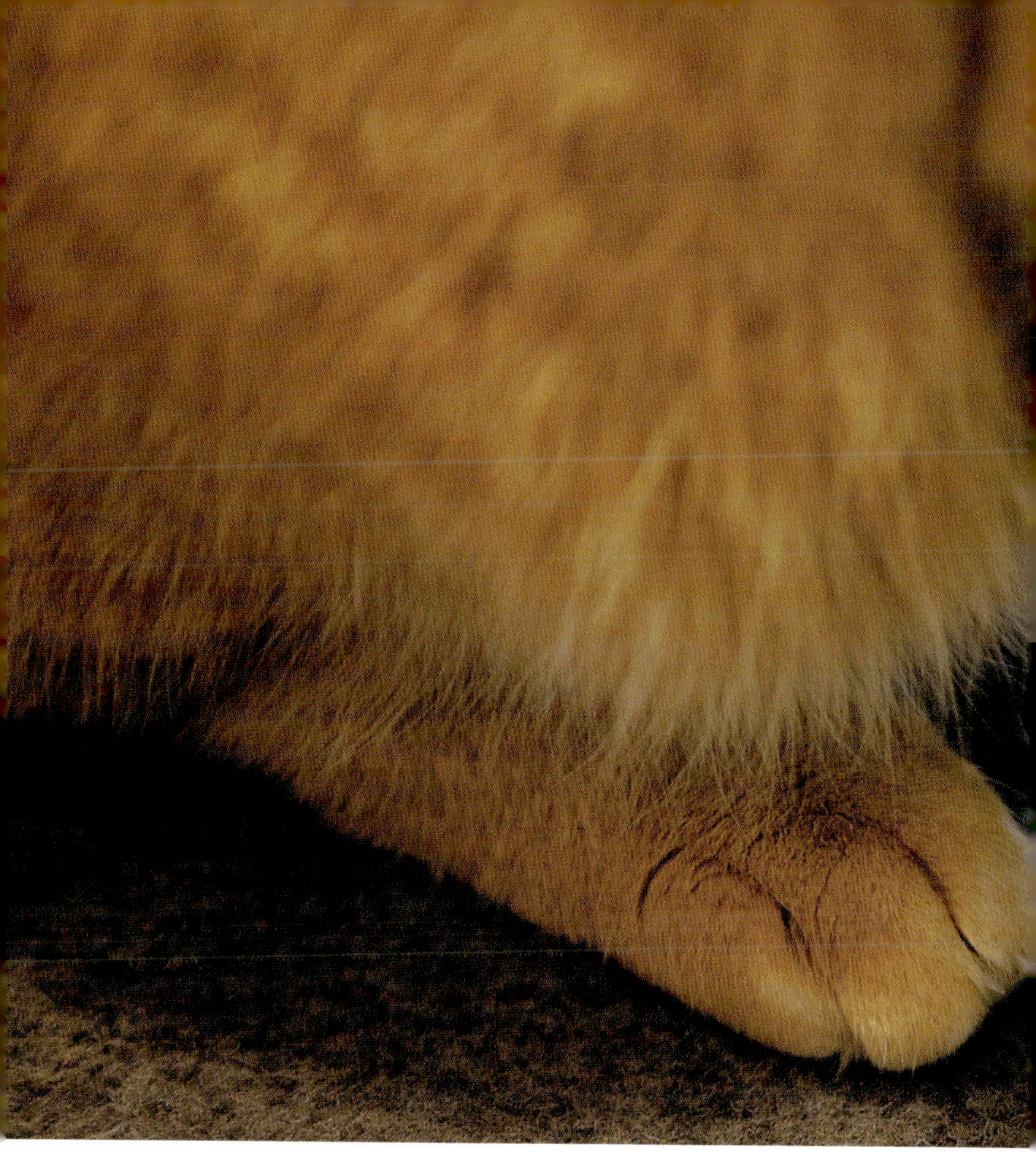

ぼくらはみな安定を求めているが、
ときには不安定な要素があっても
いいんじゃないかと思えた。

PART 3

ボブに倣う

人生を最大限に楽しむ方法

猫はとことん充実した一生を送るエキスパートだ。自分が必要とするものを知り、それをどうやって手に入れるかも熟知している。しかも、効率よく目的を果たす。ボブもまた、毎日を充実させて過ごす専門家だ。頭脳明晰なビジネスマンが練る作戦にも負けない戦略がボブにはある。

ボブは毎日を楽しく過ごす術《すべ》を心得ている。あらゆる状況からポジティブな面を引きだすにはどうすべきか、最大限に楽しむにはどうしたらいいか、ちゃんと知っているのだ。ボブと過ごした日々のなかで、ぼくはその秘訣を垣間見て何度も瞠目した。少しでもボブのようになれれば、生きていく上でプラスになる要素がたくさん得られると痛感した。

じっくり考えて、すばやく行動する

ボブが決断を下すときの様子を見ていると、本当にびっくりさせられる。決断するまではブッダさながらにじっとすわりこみ、目の前にある選択肢を時間をかけて吟味する。ボブの頭のなかで鳴るチクタクという音まで聞こえてきそうだ。

考えている内容は些細なことばかりかもしれない。ここで伸びをしたほうがいいか、とか、食べ物が入っているボウルに顔を突っこもうか、とか。行動に移すのは準備ができたときだけ。そのタイミングは絶妙だ。

動くとなると、迷いはまったくなくなる。それは見事としか言いようがなく、ためらいは微塵もない。ボブは自分が必要としているものも、それを得る手段も知り尽くしていて、最後にはかならず手に入れる。すばやく行動し、結果を得るというわけだ。

世間には、決定を先送りするか、即断即決したあげく後悔する人がぼくも含めて大勢いる。そういう人たちはボブの行動を手本にしてみるといいかもしれない。

じっくり考え、いったん決めたら迷いなく行動できるのはすばらしいことだ。

自分を信じる

猫は〝自信の欠如〟に悩まされることなんかない。自己不信に陥ることもない。少なくとも、ぼくの知るかぎりでは。

自分が欲しいものはかならず手に入れると決めているようだ。

ボブが毎日の生活に満足しているのも、そういったポリシーがあるからとも言える。おかげでボブはいつでも自信に満ちあふれている。自分を信じているからこそ、心地よい毎日を送れるわけだ。自信を持てずに自分を疑っているばかりの人間にはその姿から学べることがたくさんある。

簡単ではないが、ぼくらだって本質的な強さを持っているのだから、自信を持つことだってできるはずだ。自分を信じれば世界はまったくちがう場所に見えてくる。

幸せは自分たちのなかにある

ボブはひとりで何時間でも楽しく過ごすことができる。たとえば、半日ずっと窓辺にすわって過ぎゆく世界を眺めたりしている。まえに住んでいたロンドン北部のアパートメントでは、流れる雲、降り注ぐ雨、道行く人びとや車を見つめていた。とにかく、目にするものすべてに心を奪われているようだ。新しい家に引っ越してからもそれは変わらず、庭を眺めては、外の世界に魅了されている。

そういう姿を目にしていると、とてもシンプルなのに、じつは底知れぬほど奥深い何かをボブが見せてくれているような気がしてならない。多くの人が懸命に理解しようとしている何かを。

荘子の有名な言葉に〝幸福とは幸福を求めて努力する必要のないこと〟というものがある。

幸せはほかから与えられるものではない、という意味なのかもしれない。追いかけて得るものではなく、もともと自分たちのなかにあるのだと。

どうやらボブはそのことを知っているらしい。

しっかりと目を開く

路上での日々でボブが何よりも好きだったのは、よく晴れた日にぼくのとなりにすわり、めまぐるしく移り変わる世界を静かに眺めていることだった。ボブはあらゆるものに目を配っていた。もちろん、いつものようにゆったり構えて。

傍《はた》からは目を閉じているように見えるときでも、何ひとつ見逃さなかった。近くのゴミ捨て場で食べ残しをつつく鳥も、チューニング中の路上演奏者も、ちょっとおかしな服を着て通りすぎる人も。そっと頭を起こしてあたりを見まわし、じっと見入り、聞き耳を立てる。すっかり心を奪われているといったふうに。見たり聞いたりしていれば、何かしら得るものがあると思っているみたいに。新しいもの、いままで気づかなかったもの、楽しいものがきっとそこにはあると自然に感じとっているようだ。

ぼくらは目を開けて歩くが、閉じているも同然のときがある。忙しすぎたり毎日の生活に追われていると目の前のものが見えなくなる。

そうしているうちに、多くのチャンスを逃してしまうのだ。

意外なところにも驚きがある

人びとに与えるボブの影響力にはいつも驚かされる。歩道にちょこんとすわるボブを見かけると誰もが立ちどまり、なかには感動のあまり涙を流す人までいた。まるで埋もれていた宝物を見つけたとでもいうように、長いあいだ行方不明だった家族に再会したみたいに、みんな腰を落としてボブをなで、それで癒やされているようだった。猫が苦手な人もいたが、そういう人までボブに夢中になった。

意外な場所でのささやかな出来事で人びとの心が動かされる場面を、ぼくは間近で見てきた。

何かしらの着想を得たいとき、たいていの人は上を見あげる。はるか彼方の上空を。空の彼方には驚きの世界が広がっていると言われているのだから、それも当然だろう。星をつかめ、とは言うが、道端の石をつかめ、とは誰も言わない。

それでも、意外な場所に着想を求めることによって、想像がさらに広がり、心が解き放たれていくこともあるはずだ。

思いもよらないところにも美しさや驚きがある。探そうとしなければ見つからないまま通りすぎてしまうかもしれない。

チャンスを見つけたら、つかめ

世界じゅうの猫たちと同じように、ボブもチャンスは決して逃さない。目の前に提示されたら、かならずその機会を生かそうとする。

おやつを食べるかい？　おもちゃで遊ぶ？　と訊かれれば迷わず飛びつくし、お腹をなでてやろうと言われれば、うれしそうに寝転ぶ。公園の茂みのなかを探検しておいでと促されれば、いそいそともぐりこんでいく。なんであろうと、チャンスがあればものにする。

ボブはぐずぐずしないし、メリットとデメリットを天秤にかけて迷うこともない。ドアが開いていれば、するりと通り抜けるまでだ。誰にでもかならずチャンスはめぐってくる。それを生かさないなんてもったいない。チャンスを見つけたら、迷わずつかもう。

小さなことは気にしない

『小さいことにくよくよするな！』というとても有名な本がある。基本となるメッセージはごくシンプルだ。ちょっとした苛立ちや失敗は気にせず放っておく。正しく見定めて大げさに考えない。ストレスや悩みのタネを残さない。

ボブは本能的にこの教えに従っているようだ。

たとえば、ボブはほかの猫や犬と喧嘩をすることはめったにないが、もしそうなった場合でも、イラついている様子はほとんど見せない。勝った負けたにかかわらず、喧嘩がおさまればさっさと立ち去るのみ。

ぼくら人間はそう簡単にはいかない。なんとかして相手に仕返しをしてやろうと思いがちだ。ほんの些細なことにもイライラしてむきになる。ボブの頭のなかは知るよしもないが、どうやら〝すんだことは気にしない〟が基本方針のようだ。怒りに身をまかせたり、復讐してやりたいなんて思うのは時間の無駄だとわかっているのだろう。〝小さなことにくよくよしない〟というのも、ボブが毎日を穏やかに過ごせる理由にちがいない。

いまあるものをありがたいと思う

すべての猫と同じく、ボブもいまを生きている。ボブが過去や未来に思いをめぐらせているかどうかは定かではないが、確かなのは、いまそこにあるもので対処しているということだ。眠たくなったら、かたい歩道の上だろうがふかふかのソファの上だろうがかまわずに寝る。本人にとってはなんの違いもない。まわりで何が起きているかなんて気にもとめず、丸くなってうとうとするだけ。食事のときも同じで、ボウルに入っているのがほんの少しのビスケットでも、グルメ好みの高級なツナでも、選り好みせずに平らげる。出されたものがなんであろうと、それがいま食べるべきものなら、食べる。

そうしたボブの姿から何かしら学べることがあるだろうかとぼくはしょっちゅう考えていた。わかったのは、望むものがなんでも手に入る人なんか誰ひとりとしていないということ。ぼくらは働いてよりよい生活を送ろうとがんばるけれど、望むものをすべて得ることはできない。それは無理な話だ。

もちろん、どう生きるかは本人の自由だ。いまの自分にはなくて、将来的にも入手できるかわからないものを無我夢中で追い求める人もいれば、いまあるもので満足し、ありがたいと思う人もいる。どちらを選ぶかは本人しだいだ。

今日という日を楽しむ

朝、目覚めてからのボブを見ているとうらやましくなる。寝床から起きだして朝食をとり、昨日の出来事にわずらわされずに新たな一日をはじめるのだから。

ボブにとって朝は、単なる新しい一日のスタートというだけではなく、充実した楽しい時間の出発点といった意味合いを持っている。日常のなかで生じるすべての事柄がボブにとっては大いに楽しめるイベントとなるわけだ。

ボブ流に〝今日〟を考えるのも悪くない。とくに、毎日がつらいときには。昨日のいやな出来事を忘れ、新鮮な気持ちで今日を迎えられれば、その一日がいい日になるのはほぼ確実だろう。

必要以上を求めない

食事をするときのボブは、噛みくだけないほどの量を口いっぱい頬ばることはしない。〝これ以上はダメ〟と自制しているみたいに。欲ばりすぎてはいけないとわかっているのかもしれない。

荘子の言葉に〝ショウリョウ深林に巣くうも一枝《いっし》にすぎず、エンソ河に飲むも満腹にすぎず〟というのがある。ショウリョウ（ミソサザイ）という鳥は森で巣をつくるが、一本の枝しか使わない。エンソ（カワウソ）は河の水を腹いっぱいぶんしか飲まない、という意味だ。ボブはこの言葉どおりに実践しているように思える。

自分にとっての必要量を知り、それ以上を求めない。ぼくもこれを自分に言い聞かせている。

どんな日でも何かしらいいことはある

路上で暮らしを立てていたころはたくさんいやな思いをした。無視され、侮辱され、ときには唾を吐きかけられた。

でも、ボブといっしょにいればいつでも笑みがこぼれた。おかしなことをやらかすボブや、バスのなかで丸くなって眠っているボブを見るときはとくにそうだった。ボブに元気づけられるたびに、ぼくはいつの世でも変わらぬひとつのことを思いだした。

それは、毎日がいい日ばかりじゃないかもしれないけれど、どんな日でも何かしらいいことはある、ということ。

日の光を浴びよう

ともに暮らした最初の夏、ボブとぼくはコヴェント・ガーデンでおもにラッシュアワーの時間をねらって路上演奏をしていた。あの年は、すばらしい夏の日がそれほど多くはなく、毎日のように曇りがちで、太陽はたまに顔をのぞかせるだけだった。

太陽が雲間から姿を現わすと、ボブはすぐさま反応した。曇っているあいだは、たいてい身体を丸めて、目の前を通りすぎる旅行者や買い物客を静かに眺めていた。

ひとたび日の光が射しはじめると、何やら使命を帯びたように動きだした。そこらをうろうろしはじめ、日が射している場所と陰になっている場所を行ったり来たりしながら絶好の日光浴スポットを探す。それから一度大きく伸びをしたあと寝転んで、目いっぱい日を浴びるために身体をぐぐっとのばした。

つかの間の日光浴になることも多かった。太陽はすぐに流れてくる雲の陰に隠れてしまったから。でもボブはめげずに次の機会を待った。太陽が顔を出したらかならず日を浴びまくってやる、と心に決めているようだった。

そんなボブを見ると微笑まずにはいられなかったし、すごいな、ボブは、と感心もした。またひとつ、教えられた気がしたからだ。人生は短い。喜びや楽しさをうんと味わいたいなら、ぐずぐずしていちゃいけない。太陽はいつでも照っているわけじゃない。顔を出してくれたら、日の光を浴びるチャンス到来だ。

二兎を追うものは……

よく晴れた夏の日のこと。ボブはジレンマに陥っていた。開いた窓の桟にすわり、居間に射しこんでくる日の光を浴びて幸せな気分に浸っている一方で、窓のすぐ近くに植えられた花のまわりをぶんぶん飛んでいるハチが気になり、やっつけたくてたまらないみたいだった。

しばらくのあいだ、ボブはどうしようかと考えていた。あいつらをつかまえられるかな、と。部屋のなかを飛んでいるハチが相手ならそれも可能かもしれない。だが、ハチは外を飛びまわっている。つかまえるなら、目にもとまらぬ速さで花壇へと飛び降り、同時にピンポイントの一撃を繰りださなければならない。いかなボブでもそれはほぼ不可能だろう。それでもボブはじっと考えつづけていた。けれど、〝敵〟はそれだけではなかった。

もうひとつの敵は、窓の桟に置いてあるティッシュの箱だった。箱のせいで自分のスペースが狭くなって窮屈な上、いちばん光があたる絶好の場所を占拠されていたのだ。

ボブは一分かそこら、作戦を練っていた。外を飛ぶハチとすぐとなりのティッシュの箱を交互に見比べながら。さて、どうする？

　動きだしたとき、その姿にはもう迷いはなかった。さっと立ちあがり、前足で箱を窓の桟から叩《はた》き落として念願のベストスポットをぶんどった。それからは日の光を独り占めして存分に日光浴を楽しんだ。ハチはすっかり忘れられていた。

　このことから、ぼくはまたひとつ教訓を学んだ。問題に直面した場合、自分でできることはやる、できないことは放っておく。なんとかできることに集中し、どうしようもないことは忘れる。そうすれば、生活はよりシンプルになり、楽しさも増す。

好奇心は猫を殺さない

　ぼくには頭にへばりついて離れないある言葉がある。それは〝好奇心は猫を殺す〟だ。とてもじゃないがこの言葉は承服できない。好奇心があるからこそ、猫は猫なのだから。好奇心と猫は切っても切り離せないし、それのおかげで命拾いすることもあるはずだ。

　ボブは好奇心に駆られてあちこちを探検するのが大好きだ。どこへ出かけても周辺の探索を怠らない。隅のほうまでにおいを嗅ぎ、隙間に頭を突っこみ、前足でひっかき、それからようやく調査終了とばかりに満足する。その場所の検分を終えてはじめて、リラックスしてすわりこむ。

場所の安全性を確認し、縄張りを確保するのは生まれたときから猫にそなわっている習性だ。とはいえ、ボブが好奇心を丸だしにして、尻尾を振りながらあたりを探索してまわるのは、それ自体がとても楽しいからでもあるのだろう。

世の中には好奇心とは無縁の生活を送っている人もいるようだ。そういう人たちは何か新しいことにチャレンジするのを怖がる。知らない道よりは勝手知ったる道を歩きたがる。まだ歩いたことがない道には新鮮な発見があるかもしれないのに。ぼくらは未知のものをどんどん受け入れていくべきだ。

好奇心は猫も誰も殺さない。それどころか、すばらしい何かを引きだす源になる。

旅そのものを楽しもう

ある風の強い秋の日に近くの公園を散歩していたときのこと。ボブは落ち葉の小さな山を見つけた。風に吹かれて落ちた葉っぱのピラミッドだ。ボブは駆け寄ってピラミッドのなかに突っこんでいき、身体全体が落ち葉に埋もれてしまった。しばらくしてひょっこり姿を現わしたかと思うと、足先でさかんに身体についた落ち葉を払いはじめた。

夢中になって茶色や黄色に染まった葉を払い落とすボブの姿はちょっとした見ものだった。

ボブはどうして脇目もふらず枯葉の山に突っこんでいったのだろう。もしかしたら葉の下に何かが隠れていると思ったのかもしれない。それとも、ネズミか食べ物のにおいでもしたのか。枯葉のピラミッドはぺしゃんこになり、葉っぱの毛布に変わった。目を凝らすと、葉のあいだに何かが落ちていて、午後の日ざしを浴びて光っていた。残念ながら、それはボブが期待していたほど興味をそそるものではなく、単なるつぶれたコカ・コーラの缶だった。

ボブは鼻で缶をつつき、見かけどおりのつまらないものかどうか調べたあと、さっさと走り去って別の落ち葉の山を探索しはじめた。さっきのピラミッドにがっかりしたことなどすっかり忘れている様子で。

近くのベンチにすわってボブの熱中ぶりを見ていたぼくは微笑まずにはいられなかった。同時に、あることわざを思いだしていた。〝目的地に到着するより、期待しながら旅をしているうちが花〟というやつだ。ぼくらは目的の場所にたどりつくことや目標を達成することばかりを重要視して、それまでの行程を楽しむことを忘れがちだ。

ボブの例を見習い、たどりつく先がどこかは関係なく、旅そのものをシンプルに楽しんでみてはどうだろうか。

目標を達成するには、焦らず、感情にまかせず、計画的に

ある日の午前中、ぼくは居間で不愉快なメールに対する返信文を打っていた。その最中にキッチンから物音が聞こえてきた。

見にいってみると、ボブが冷蔵庫のてっぺんを見あげ、何かに目を凝らしていた。それはボブの大好きなスティック状のおやつで、冷蔵庫の上から落っこちそうで落ちない、微妙なバランスを保っていた。たぶん、ぼくがなんの気なしに置いたものだろう。

しばらく見ていると、ボブはうろうろと歩きまわりはじめ、それから冷蔵庫の脇の調理台にひょいと跳び乗った。おやつまではあと五フィートほど。

そこでボブはジレンマに陥ったらしい。ジャンプして前足でへたに冷蔵庫の縁をかすめると、絶対に手が届かない場所へおやつを落としてしまう危険性がある。ボブはすわりこみ、どうすべきか考えはじめた。選択肢をひとつひとつ検討しているようだった。

少ししてからまたキッチンにいるボブの様子をうかがった。ボブはビスケットの箱を鼻でつついて目指すおやつの真下まで動かし、その上に乗って身体を目いっぱい上方へのばした。前足でそっとおやつに触れる。あらぬ方向へ落ちてしまわないよう、慎重に。いったん箱から降りて、立ち位置を調整しなおしてから、またおやつに触れる。三回か四回、同じ動作を繰りかえすと

……おやつは見事、冷蔵庫のてっぺんから床に落ちてきた。

これにて、任務完了。

ぼくは怒りをにじませたメールを打ち終えていたが、まだ送信ボタンを押していなかった。ボブにスティック状のおやつを食べさせながら、それを送るのはやめようと思った。あとからもうちょっと穏やかな表現で綴ったメールを送ったところ、望みどおりの結果が得られた。

感情にまかせてしゃにむに突っ走ることで逆効果を招くときもある。目標を達成するには、ボブが見せてくれたように、じっくり考えて辛抱強く手段を選んでいくべきなのだろう。

Low Five! ©Garry Jenkins

Curled Up Warm ©Garry Jenkins

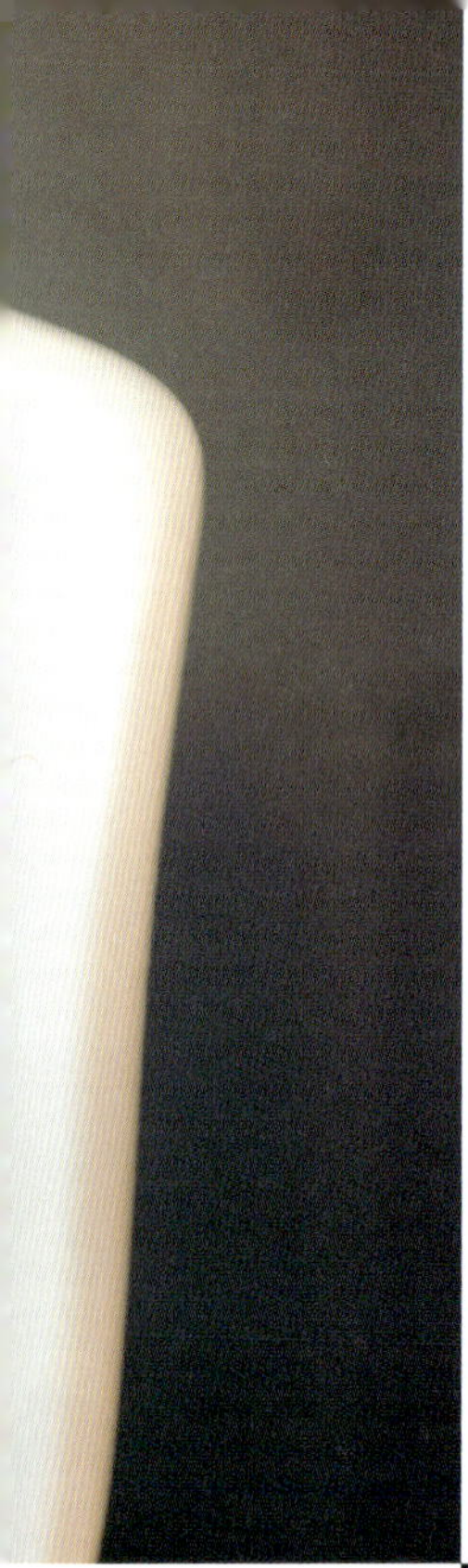

Watch the birdie ©Garry Jenkins

人生は短い。
喜びや楽しさをうんと味わいたいなら、
ぐずぐずしていちゃいけない。

PART 4

ボブの世渡り術

毎日をどう
生き抜くか

知識は学ぶことによって得るもの、知恵は生活から得るもの、とよく言われる。まったくそのとおりだとぼくは思う。

知識と呼ばれるものの多くは、本や映画やテレビなどを介して得られる。自分自身が実際に体験したことから何かを学びとった場合、それは知恵と呼ばれるべきだろう。

ボブの場合、処世術を誰かから教わることはない。身につけた知恵は路上で過ごした厳しい生活から得たものだ。ときには人間と協力しあいながら、さまざまな困難を乗り越えてきたにちがいない。

ボブの知恵はとても興味深いし価値もありそうで、自分でも実践してみたくなる。日々の生活で直面するあらゆることと折り合いをつけ、そこから何かを学ぶことをボブは教えてくれた。

昨日がひどい一日だったとしても、今日まで引きずらない

いやな目に遭ってもあっさりと忘れ去るボブの能力には目をみはるものがある。たとえば、ロンドン中心部でのある夜のこと。その日は映画の〈ボブという名の猫〉のインタビューや宣伝活動で目がまわるほど忙しく、ぼくらはようやく家へ向かうところだった。

ちょうどタクシーをとめようとしていたときに、誰かが大声で呼びかけてきた。声の主は六十代くらいの身なりのよい女性で、何やら威勢よくこちらに向けて杖を振っていた。

彼女はこう叫んでいた。「それは動物虐待よ。猫にリードをつけるなんてひどすぎる。王立動物虐待防止協会《RSPCA》に通報してやる」

ぼくは説明しようとしたが、彼女は聞く耳を持たないようだった。

ボブは彼女が心根のやさしい人とは思えなかったらしく、ぼくの肩の上で身体をこわばらせた。その女性が無茶な行動に出ようものなら「シャー」と威嚇しかねない。そんな事態にはなってほしくなかったし、〝映画出演の猫、街なかで喧嘩〟なんて書きたてられるのもいやだった。ぼくは運よく通りかかった空車のタクシーを呼びとめて乗りこんだ。

タクシーに乗っている最中もいやな気分を振り払えなかった。その日は何時間もメディアに向けてしゃべり、テレビ番組にも出演し、映画のすばらしさを少しでも伝えようとがんばって働い

た。路上での女性とのやりとりは一分にも満たなかったが、それまでの八時間か九時間の高揚した気分はすっかりしぼんでしまった。

ボブに目を向けると、革製の座席にすわり、喉をごろごろ鳴らしながら、すっかりリラックスした様子で身体をなめていた。女性に難癖をつけられボブだっていやな思いをしたはずなのに、あっさりと気持ちを切りかえてもう忘れ去っている。

「ボブを見習わなきゃな」ぼくは自分に言い聞かせた。「昔からよく言うもんな。昨日がひどい一日だったからといって、今日のよき日を台無しにしてはいけないって」

知恵は経験の娘

ぼくと暮らすようになってからも、ボブは何か脅威を感じると集中力を一気に最大限まで高めていた。厳しい目つきであたりを見まわし、耳をぴんと立て、尻尾をまっすぐ上に向ける。気を引き締め、最悪の事態にそなえているみたいに。

もちろん、動物の本能がそうさせるのだろうが、それとは別に、路上で暮らしていた過去のひどい経験が関係しているにちがいない。たとえば、犬に攻撃されたとか、喧嘩腰の猫にからまれたとか。だからいまでも敵になりうる相手に対しては警戒心をむきだしにするのだろう。

過去はどうあれ、重要なのはボブがつらい経験から学んだという事実だ。ボブの場合、まさに知恵は経験の娘だ。賢い人たちもみんなボブと同じで、困難な出来事から大切な教訓を学んでいる。

恐れに支配されてはいけない

ぼくらと同じように、ボブにもいくつか嫌いなものがある。それに出くわすと毛を逆立てたり落ち着きをなくしたりする。たとえば、大型トラックやバスのエアブレーキが解除されるときに鳴るプシューという音なんか大嫌いだ。攻撃的な犬や人間に出会うと一瞬びくりとするし、年をとってからは大音響の音楽もいやがるようになった。

とはいえ、ふつうは何かを見て怖がったりあわてたりすることはめったにない。経験から恐れる必要はないとわかっているのだろう。ただ目を開いて耳を澄まし、ひげの感度をあげるだけ。目の前にいる人やものをよく知らない場合はすばやく反応し、戦うか、かたまるか、その場を立ち去る。どの行動に出るときも迷いはない。

いまぼくらが生きている世界では不安のタネが尽きない。恐れにからめとられたり、筋が通らない事態に直面して身動きがとれなくなることもある。そういうとき、ボブの教えがきっと役に立つはずだ。たとえ不安が先に立つ状況でも、ボブは慎重に物事を見きわめる。決して恐れに呑みこまれることはない。

表紙だけで中身を判断しない

昼も夜も通りで過ごすうちに、ボブはその人物がいい人か悪い人か、人間の本質を見抜けるようになった。ボブが出会うほとんどの人はやさしく接してくれるが、そうでない人間もいる。多くの出会いをつうじて、ボブは人間性を見きわめられるようになったのだろう。

近づいてくる人間がやさしい人だと感じれば尻込みせずなでてもらう。一方で、少し離れた場所からでも危害を加えてきそうな人間を嗅ぎわけることができる。脅威を感じればすぐさま態度に表わす。「シャー」と威嚇する姿は迫力満点だ。ぼくも襲われかかったところをボブに助けられたことが一度ならずある。

強調したいのは、ボブは外見で人を判断しないということ。どんなふうに見えようが、何を着ていようが、肌の色がどうだろうが、まったく関係ない。いい人間か悪い人間かの判断材料は、その人の内面にある。

ボブが表紙だけでその本の中身を判断することは決してない。

軽率な考えを持たないよう用心する

ぼくはいつでもボブを見習おうとしている。たとえば、ボブに倣って外見ではなくその人の内面でどういう人かを判断するよう心がけている。

でも、うまくいかないときもある。

コヴェント・ガーデンで映画の撮影に参加していたある日の午前中、ぼくはひとりの男性に目をとめた。ボブとぼくはカメラの前へ呼ばれるのを待っていて、彼はぼくらからそう遠くないところをうろうろしていた。

見かけは、背が高く痩せていて、ジーンズにトレーナー姿、その上にくたびれたデニムのジャケットを着ていた。そして、どことなくそわそわしていた。ぼくは警戒した。まわりには高価な機材がたくさんある。彼はなぜこの場所をうろついているのか。何かを盗もうとしているのではないか。それとも、ボブを傷つけようとでも?

ぼくは男性のところへ行った。

「おい、何を企んでいるかは知らないが、やめといたほうがいいぞ」とぼくは言った。

彼は困り顔を向けてきた。

「そんなんじゃないよ、ジェームズ。面倒を起こしにきたわけじゃない。おれ、サイモンだよ」

今度はこっちが困り顔をする番だった。

「サイモン？　どこのサイモンだ？　なんでぼくの名前を知っている？」すると、彼は笑った。

「センターポイントでいっしょだったサイモンだよ。ひと部屋をふたりで使っていたじゃないか。覚えてないのかい」

ぼくはかたまってしまった。

「ああ、あのサイモンか」

ぼくらは長いあいだ音信不通だった友だちみたいに抱きあった。

何年もまえ、ふたりともホームレスだったころ、一時期ぼくらは同じチャリティー・センターで寝泊まりしていた。その後は別れ別れになった。サイモンはいまグラスゴーに住んでいて、ボブとぼくのことを耳にして会いにきてくれたという。少し離れたところで撮影が終わるのを待ち、それから挨拶するつもりだったそうだ。

ぼくは思わずハッとした。路上で生計を立てていたころ、まわりの人間はひと目見るなりぼくを〝クズ〟とみなした。単にぼくが路上演奏をしていたからで、彼らはぼくの内面を知ろうとはしなかった。ぼくはいま、同じ過ちを犯してしまった。ボブの教えを守らずに、表紙だけで本の中身を判断してしまったのだ。

ブッダの言葉にこういうものがある。〝あなたの最大の敵といえども、自分自身の軽率な考えほどにはあなたを傷つけることはできない〃サイモンとの再会によって、ぼくは自分の考え方にもっと用心するよう教えられた。

つねに太陽に顔を向ける

路上で働いている最中に侮蔑の言葉を受けるのは、もはやぼくの生活の一部になっていた。ほぼ毎日、誰かがこちらの背中に向かって罵声を浴びせてきた。そんな状況に慣れることはできないが、それなりの対処の仕方を覚えることはできる。

ときには言いかえしもしたけれど、それでは相手を調子づかせて果てしないののしりあいになってしまう。そこからは何も学べない。そもそも交流を持つ価値もない相手と言葉のやりとりをしても、得るものは何もない。ぼくの場合は、ますます頭にくるだけだった。

ボブといっしょに働くことでその状況は大きく変わった。ボブのおかげで別の対応の仕方ができるようになった。ぼくの肩に乗っているとき、ボブはいつでもまっすぐ前を向いて、めったに後ろを振りかえらない。ある晴れた夏の日、ぼくらはコヴェント・ガーデンを抜けてレスター・スクエアに向かって歩いていた。そこで友人と会う約束があったからだ。そのとき、おかしな男が罵声を浴びせてきたが、ぼくは無視した。肩に乗っているボブといっしょに前だけを見て、太陽のほうに向かって歩きつづけた。

「こういう言葉があるの、知ってるか、ボブ」とぼくは言った。「いつでも太陽のほうに顔を向けていなさい。そうすれば、影はあなたの後ろにさす」

望むものを得られないほうが自分のためになることもある

ダライ・ラマの教えにこういうものがある。〝望むものが手に入らないことがすばらしい幸運になるときもある〟正直、これがどういう意味なのかぼくにはわからなかったが、ボブと暮らしはじめて人生が劇的に変わったとき、ようやく理解できた。

ボブとぼくはコヴェント・ガーデンでの路上演奏でなんとか生計を立てていた。当時はぼくらに監視の目を注ぐ人間とのもめごとがしょっちゅう起きていた。とくに地下鉄のコヴェント・ガーデン駅の駅員との関係は最悪で、ぼくらが駅前にすわっているだけで文句を言ってくる駅員もいた。いよいよのっぴきならない事態に陥ったのは、切符売り場の職員を侮辱したという濡れ衣を着せられたときだった。ぼくは逮捕され、留置所にぶちこまれた。

結局、容疑は晴れ、その一件で目が覚めた。ぼくはミュージシャンを目指していて、その最初の一歩として路上での演奏活動を行なっていたが、寒い留置所のなかでひとつの現実を悟った。

少なくともすぐにはミュージシャンになるという夢は果たせないだろうと。いまは自分だけではなく、ボブの面倒もみなければならない。ふたりで生きていくために生活を根本から変える必要があった。

あとから考えると、その決断がよい結果をもたらした。ぼくは〈ビッグイシュー〉の販売員になり、はじめはウェスト・エンドで雑誌を売っていたが、ほどなくしてイズリントンのエンジェルに移った。そこでぼくの人生が変わった。ひとりの出版エージェントがぼくに目をとめ、ボブとの生活を本に書いてみないかと声をかけてきたのだ。

ぼくは当時をよく振りかえる。多くの意味で自分は運がよかったと思う。身に覚えのない容疑を晴らすことができたし、生活を変えざるをえなくなったことで新たなチャンスに恵まれたのだから。

もちろん、その時点では自分の人生がよい方向へ進むとは予測できなかった。しかし、望むものを手に入れられなかったのと引き換えに、奇跡のような幸運に恵まれたことは疑いの余地がない。

どこにいてもくつろぐ

映画の制作中、ボブとぼくはトゥイッケナム撮影所で多くの時間を過ごした。そこはぼくらの想像をはるかに超えた場所だった。まぶしいライト、やかましい音、見知らぬ顔。あの場に放りこまれたら、猫の九十九パーセントは間違いなく頭が混乱するだろう。ボブも最初は少しばかり落ち着きをなくしていたけれど、すぐに慣れてしまった。

眠たくなれば昼寝をしたし、気が向けばあちこちを探検してまわった。

もちろん、がんばって仕事もした。セット担当の裏方さんたちがロンドン北部のぼくのアパートメントを見事に再現し、ボブとルーク・トレッダウェイはそこで何日もかけてカメラに向かって演技しつづけた。長くきつい仕事だったが、ボブはとくに疲れた様子も見せなかった。

ブザーが鳴り、ランプが赤から青に変わって撮影終了を告げると、ボブは現場をあとにして控え室へ向かう。お待ちかねの食事時間だ。いつでもかならずボブへの差し入れがあった。ボブが撮影に飽きたときのために、スティック状のクラッカーとクリームチーズがセットになったおやつや、チーズ味のキャットフードをつねに持ち歩いている撮影スタッフもいた。

撮影が終盤にさしかかるころ、どうしてボブは見慣れない場所でもくつろげるのかとスタッフのひとりに訊かれた。なかなかいい質問だ。ぼくがいっしょにいるというのがひとつの鍵だろう。守ってくれる人がそばにいるとわかればボブも安心できるはずだ。だが、答えはそればかりではない。ボブは規則正しい生活を好む。撮影現場に出かけるのが日課になり、日々、何が起きるか予測できたことで、気持ちを落ち着けられたにちがいない。

温かいベッドがあればひとまずはその場所になじむべきだとも、ボブは学んだのだと思う。毎日の生活は、ひとつひとつ何かに慣れていくことの連続だ。変化に対応しつつ、目の前にあるものを存分に楽しめばいい。たとえそこがわが家でなくても、充分にくつろげるならば文句なしだ。

何も期待しない

ある夜、コヴェント・ガーデンで路上演奏をしていたとき、見るからにゴージャスな若い女性が近づいてきた。滑らかな黒のドレスに、高価そうなアクセサリー。見かけから察するに、ウェスト・エンドの劇場かオペラハウスへ行く途中なのだろうとぼくは思った。

彼女はボブを見て足をとめた。「わあ、かわいい。すてきな猫ね」そう言うと、携帯電話を取りだして写真を撮りはじめた。

その日の稼ぎは少なめだったので、ぼくは丁寧な口調でギターケースのなかに一ポンドか二ポンド入れてくれればありがたいと言った。

「いくらでもかまいません。それでコーヒー一杯か、ボブのおやつを買います」

ネックレスひとつとってもかなり金持ちそうに見え、ぼくはつい調子に乗ってそんなことを言ってしまった。すると、彼女の顔つきが変わった。笑顔は消え、険しい表情になった。

「あなたってずうずうしい人ね」彼女はそう言い捨て、さっさと立ち去ってしまった。

こういった出来事は珍しくもなかった。ひとりで演奏活動をしているときからわかっていたことだが、何かを期待しすぎると痛い目に遭う。ロンドンの路上だけではなく、どこにいてもそれは変わらない。

つまりは何も期待しないのがいちばんだ。それならばがっかりすることもない。

立ち向かう勇気を持つ

ロンドンの通りはやさしい人であふれているわけではない。心の冷たい人間に出くわして、街角でびくついたり不安になった経験は誰にでもあるはずだ。ボブもそれなりに恐ろしい目に遭ってきた。

路上で演奏し、〈ビッグイシュー〉を売っていたころ、ボブはつねに犬を警戒していた。犬を恐れていたのではなく、注意深く対処しなければならない相手だとわかっていたからだ。

ボブは直感が鋭いので、対峙した犬が見かけ倒しかどうか、すぐにわかるみたいだった。さかんに吠えてはいるが噛みついてはこない、こいつはただの空威張りの犬だ、といったふうに。ごくたまにだが、吠えてくる犬に向かっていくこともあった。シャーと威嚇したり、前足で犬の鼻面を叩いたり。いつでもその攻撃は功を奏した。犬はぎょっとして身体をこわばらせるか、逃げていった。恐ろしげな犬が臆病な生き物に変わる姿をぼくは何度か見た。

犬が相手でも怯まないボブの態度を見るにつけ、一見強そうに思える相手に対しても、ときには立ち向かう勇気が必要なのだとぼくは思った。

言葉ではなく行為で人を判断する

ある人物の人柄を見きわめるには発する言葉ではなくその行為で判断するにかぎる、とよく言われる。

猫が相手でもそれは変わらない。猫がどんなふうに行動するかでその性格が見えてくる。

ボブもいたずらをして騒ぐことはあるし、気難しくなるときもある。だが、十年以上いっしょに暮らし、ボブの毎日の行動を見てきたぼくには、ボブ本来の性格が手に取るようにわかる。ボブはやさしくておもしろく、相棒に対する思いやりの深い、誠実な猫だ。誰だってこんな猫にそばにいてほしいと思うだろう。なんと言われようと、ボブはすばらしい猫なのだ。

ボブに教えられたことのなかでも、これはもっとも大切な教えのひとつだ。

相手がどんな人物か見きわめるときは、彼らが話す内容ではなく、実際に見せる行為で判断する。ぼくはつねにこれを心がけている。

水を流入させなければ船は沈まない

まわりの世界を締めだすボブの能力にはいつも驚かされる。だが、シャットアウトしているときでも相棒を思いやる姿勢は崩さないようだ。

その顕著な例として、二〇一六年の十一月にロンドンで行なわれた〈ボブという名の猫〉のプレミア試写会での出来事があげられる。

ぼくにとってはまるで夢のような夜で、いまだにあれが現実に起きたことなのか信じられずにいる。ぼくはボブを肩に乗せてレッドカーペットの上に立ち、インタビューに答え、写真撮影に応じていた。会場にはイベントに参加するために遠くから来てくれたファンやテレビ局のスタッフといった人びとがそれこそ何百人もいて、大勢のカメラマンがさかんにフラッシュをたいて写真を撮っていた。

まさにお祭り騒ぎ。ファンからの呼びかけも、カメラやマイクを向けてくるカメラマンやインタビュアーの声も、なかなか聞きとれないありさまだった。だが、ボブはぼくの肩の上で動じることもなく、悠然と構えていた。

ぼくらは三十分ほどの時間をレッドカーペットで過ごし、そのあいだずっとボブは身じろぎもせず落ち着き払っていた。本当のところはボブも楽しんでいたのだと思う。

あの晩、何度も同じ質問を受けた。「ボブはどうしてこんなに落ち着いていられるんですか」と。

ぼくにも確かなところはわからないが、たぶん、ボブはまわりで起きていることと自分とを完全に切り離していたのだと思う。それでも、渦中にいる相棒が困っていないか見守っていてくれたので、ぼくのほうは何も恐れずにいられた。

船は水に浮かんでいるぶんには沈まないが、水を流入させてしまうと沈む。

ボブには外で起きていることを自分のなかに取りこまないようにする天賦の才があるのだろう。そのおかげで、ボブという船は水のなかを悠々と進んでいけるにちがいない。

Reading time ©Garry Jenkins

毎日の生活は、
ひとつひとつ何かに慣れていくことの連続だ。
変化に対応しつつ、
目の前にあるものを存分に楽しめばいい。

PART 5

ボブに見る禅の精神

いかにして心穏やかに過ごすか

猫は本能的に自分自身をケアする術《すべ》を知っている。健康を保つためにダイエットに励む必要はないし、専属のトレーナーやマッサージ師を雇う必要もない。精神分析医やセラピストに頼ってどう生きるべきかを指南してもらう必要もない。

猫たちは何をするにせよどうするべきかをちゃんと心得ている。いつでも心穏やかなまま。

もちろん、ボブもそうだ。まえにこんなふうに言った人がいた。ボブはつねに心の平静を保っている。いわば〝禅的な静けさ〟を。誰もがボブから学ぶことがきっとあるはずだ。〝禅的なボブ〟からは何か役立つ教えを得られるにちがいない。

ボブフルネス

ボブは鳥がたくさんとまっている木を何時間でも眺めていられる。トランス状態に陥っているみたいに、身体を丸め、目だけを動かし、さえずりや羽ばたきをひとつも逃さずに聞きながら、ただじっとしている。何にそれほど心を奪われているのだろう。

狩猟本能に導かれるまま、鳥をつかまえる機会をうかがっているのか。鳥の鳴く声にうっとりしているとか？　まさか、鳥の数をかぞえている？

ある日、ぼくは〝マインドフルネス〟についてのテレビ番組を見ていた。マインドフルネスを実践すれば、数分間、脳がひとつのことに集中できるらしい。じっくり考えるためには細かいところまでしっかり見なければならない。まわりの雑多なことを頭から取り除き、意識をひとつのことに向ける……。

そこではたと思いついた。それって、ボブが鳥を見ているときにやっていることじゃないか！

そして思わず笑みがもれた。

ボブはマインドフルネスならぬ〝ボブフルネス〟を実践しているのだ。

持たざること、これさいわいなり

ある意味、ボブの禅的な穏やかさはシンプルな毎日の賜物なのだと思う。支払いを要求してくる請求書やローンに頭を悩ますこともないし、責任もない。

ボブには〝所有物〟がひとつもない。それはとてもラッキーなことかもしれない。

人はものを持てば持つほど、失うことを恐れるのだから。

自分の身体の声を聞く

ボブはいつも時間をかけてストレッチをする。ヨガやピラティスや柔軟体操をやるみたいに。身体のどの部分をのばしたり鍛えたりすればいいか、本能的にちゃんとわかっているのだろう。身体のほうが「いまこうしてほしい」とボブに訴えてくるのかもしれない。

ぼくら人間にも身体は四六時中、話しかけているにちがいない。問題なのは、ぼくらが身体の声にあまり耳を傾けないことだ。

食べるものを味わい、楽しむ

ぼくはときどきボブが食事をしているところを眺める。見ていると本当におもしろい。すごい勢いで食べはじめて、あっという間に平らげてしまうときもあるし、品質をチェックしているのか、まずは食べ物を注意深く観察し、においを嗅いでから食べはじめるときもある。

いずれにしろ、どんなときでもボブはひと口ひと口を存分に味わう。ひと口に何分もかけるときもある。食べ物以外はいっさい目に入らない、食事こそが世界でもっとも大切なことだといわんばかりに。ぼくらもそれを見習うべきかもしれない。

人は食べ物をもっと味わい、楽しんだほうがいい、と医者や栄養士や健康管理の専門家は言う。食事に時間をかけ、食べ物や飲み物をひと口ひと口味わうのには、大きな利点があるらしい。口のなかにあるものの味、におい、感触に意識を向け、食べるという行為自体に集中することによって、ぼくらはいままさに生きていると実感できるのだという。その上、身体の緊張が解きほぐされ、不安やストレスが取り除かれるとのことだ。

ボブはそういった利点をすでに知っているのだろう。だから、食べるということをこんなにも大切にするのかもしれない。

何事もゆーっくりと

ボブは自分独自のペースで毎日を送っている。普段はそのペースはとてもゆったりしている。

ときにはいきなりアクセルを踏みこんだみたいにスピード全開にもなるが、たいていは何をやるにしてもゆーっくりと時間をかける。

ぼくたち人間は、やるべきことは多いのにそれに取り組む時間が少なすぎる、と思いがちだ。無理をすれば十分や二十分でできることに一時間もかけるのをいやがる。時間の無駄だと。

だが、本当はまったくその反対だ。無駄になるのは時間ではなく、その経験そのものだ。短時間で流れ作業的にこなすだけでは、その人にとってよい経験とはなりえない。時間をかけてじっくり取り組むことで何か有益なことを得られる場合はなおさらだ。

なんでも時間の無駄を省いてさっさとすませばいいとはかぎらない。たまにはゆーっくり時間をかけてみたらどうだろう。

自分を知る

ボブはなんでも自分でなんとかしてしまう。その姿にはいつも驚かされる。それができるのも自分のことを充分にわかっているからだろう。

ボブを見ていると老子の教えの一節が頭に浮かぶ。〝人を知る者は智なり、みずから知る者は明なり〟

いまの気分をはっきり表わす

気分がすぐれないとき、ボブはすぐにそれをぼくに知らせてくる。調子が悪いのに元気なふりは絶対にせず、ベッドの上で動かずにじっとしている。悲しげな声を出すときもある。態度や声でかならず〝いまは身体の具合がよくない〟というメッセージを伝えてくる。

痛みやつらさを脇へ追いやろうとするのは人間の〝癖〟とも言える。無理してがんばり、傷ついていたり具合が悪いのを忘れようとする。放っておいたあげくに、ついには耐えられなくなるのに。

もちろん、それはよくない。病気を放置すればいずれつらさは二倍にもなる。早いうちに手を打てばそのぶん完治する可能性も大きくなる。

自然の声に耳を傾ける

猫は自然の移り変わりを敏感に察知する。そのメカニズムは人間にはとうてい計り知れない。天候の変化を嗅ぎとるし、季節ごとに食べ方や眠り方まで変わってくる。

たとえば、冬になるとボブは何時間でもぶっとおしで眠りつづける。長い夜が近づきあたりが暗くなりはじめると、身体を丸めてまわりの世界をシャットアウトする。冬ごもりの季節の到来を知り、春に向けてエネルギーをためこみはじめるのだろう。

春になれば、眠る時間も短くなるし、動きも活発になる。身体も季節の変化にあわせ、毛が生えかわる。また寒い季節がめぐってくれば毛の量が増えてくる。

ぼくたちも自然のサイクルにもう少し意識を向ければ、大いなる恵みを享受できるのかもしれない。

どうしても伝えたいことがあるなら単刀直入に

ボブはいろいろな音をとりまぜてコミュニケーションをはかる。静かに喉をごろごろ鳴らしたり、うなったり、「シャー」とやってみたり、こっちの肝が冷えるような叫び声をあげたり。ボディランゲージを使ってメッセージを伝えてくることもある。尻尾を勢いよくピシッと動かしたり、ゆっくりと振ったりして。言いたいことを強調したいときは背中を丸めてみたり。感心するのは、どれもが単純明快なことだ。言いたいことがあるときは間《ま》を置かずにダイレクトに伝えてくる。そこに迷いはいっさいない。

ボブが朝いちばんにやるのは、ベッドに跳び乗り、朝食の時間だとぼくに伝えること。相棒を叩き起こすためならなんだってやる。胸に乗っかって静かに喉をごろごろ鳴らしたり、こっちの耳もとに顔を寄せて「にゃあ」と鳴いたり。

どんな手を使おうと、そのメッセージは取り違えようがない。目を開けると間近にボブがいて、じっと見つめてくる。顔にはこう書いてある。「ほら、起きな。こっちはお腹がぺこぺこなんだよ」

申しわけないとは思うけれど、その要求にいつでもよろこんで応じるとはかぎらない。とくに、寒い冬の朝の恐ろしく早い時間には。ひと言ですむのに余計なことまでしゃべる人が大勢いるのを見ているだけに、ボブの単刀直入なメッセージの伝え方はすがすがしい気さえする。

ボブは無駄話はしない。必要なときに必要なことを率直に伝えてくるだけだ。

〝ノー〟は、すなわち〝ノー〟

ボブにとっては〝ノー〟には〝ノー〟以外の意味はありえない。

何かをやりたくなければ、やらない。絶対に。おやつやおもちゃで釣っても、頭や背中をなでてやっても、動かない。ボブがこうと決めたら最後、こっちは諦めるしかない。

実際のところ、ノーを貫くことでボブの生活はシンプルになっている。白か黒。灰色はない。

まわりの者はその決定を受け入れ、頭を悩ましたり不都合な事態に直面するとしても、プランを練りなおすか、別の方法を考えるしかない。

人間もノーときっぱり言うことを学ばねばならないときがある。それはぼくらの権利でもある。どっちつかずの態度を捨てて単純にノーと言えばいい。はっきりノーと言われて不快な思いをする人がいるかもしれないが、少なくともこちらの気持ちはわかってもらえるだろう。

ハッピーな気分をおすそわけ

ボブの尻尾は、それ自体が何かの合図を送るツールとなっている。

尻尾が右、左とシャープな動きを見せる場合は、イラつき、腹を立てている合図になる。一方、ワイパーのようにゆっくりとリズミカルに動いているときは、すべてが心地よく、満足していることを表わす。

ボブはどうしてこんなふうに合図を送ってくるのだろうと不思議に思うときもある。なんの気なしにやっているのかもしれないが、いかにも満足げにゆっくりと尻尾を振る姿を見るのは楽しい。ボブからメッセージつきのすてきな贈り物をもらったみたいにうれしくなる。

人間同士の場合も同じだろう。幸せそうにしている人のそばにいれば、こっちも自然とハッピーな気分になる。

沈黙は金

ボブにはコミュニケーションをはかるための見事な〝技〟があり、それを使って言いたいことを正確に伝えてくる。ボブのコミュニケーション術にはびっくりさせられるし、そこからためになることも教えられてきた。

たとえば、ボブは一日じゅう鳴き声ひとつあげずにいることがある。だからといって心配する必要はまったくない。それはボブが満足しているという証拠だから。満足していなければ、すぐに何かしらの要求を伝えてくるはずだ。

こちらは心地よさそうにしているボブを見て、笑いかけるだけ。人間の世界もこうだったらいいのにと思う。何も話すことがないときでもやたらとしゃべりたがる人は多い。ときに口を閉ざせば〝沈黙は金〟を実感できるだろう。

口を閉ざし静かにしていれば、そのぶん人の言うことに耳を傾けられるはずだ。

人との交流を持つ

はじめてボブといっしょに本のサイン会に出席したとき、ぼくは多くのことに驚かされた。最大の驚きは大勢の人たちがぼくたちに会いにきてくれたことだ。ぼくはびっくりすると同時に感動した。誰も興味を持たないだろうと思っていたぼくにとってはまさに奇跡だった。

一方で、ボブの反応にも驚かされた。大きな注目を浴びてボブは心の底から楽しそうにしていた。なでられてもいやがる素ぶりは見せず、すっかりくつろいでもいた。眠たくなれば眠っていた。嫌気がさして家に帰りたければ、はっきりとそう伝えてきたはずだ。何よりも、ボブは人びとと交流を持ってうれしそうにしていた。おやつを持ってきてくれた人とは、とくに。

ぼくは考えさせられた。人間の健康と幸福は定期的にほかの人と交流を持つことで促進されるという科学的な研究報告が数多くある。要するに、孤独は身体に悪く、店や公園でのちょっとしたおしゃべりでも人とふれあうことは健康にいい、ということだ。

人間とのふれあいを好む猫も多いと聞く。猫は人と交流を持つ利点を知っているのだろう。

愛を受け入れる

猫を飼ったことがある人や、猫について知り尽くしている人ならば、ぼくがここに掲げる世界共通の真実に同意してくれるだろう。その真実とは、猫は絶対に愛情を拒まないということ。もちろんボブもそうだ。喉もとをくすぐったり、首のあたりをなでてやると、ボブはこっちの手に頭をこすりつけてごろんとする。声まで聞こえてきそうだ。「相棒、もっとやって。すごくいい気持ち。やめないで」

なでてほしくなると、ささっと寄ってきて、さあ腹をなでろ、といわんばかりに仰向けになる。ボブは腹をなでられるのが大好きで、もっと、もっとと要求してくる。たいていは数分くらいでやめるが、一時間つづけていてもボブはずっとハッピーなままだろう。

このボブの姿からも学ぶべきことがある。多くの人は、友人や家族、愛する人からのものでも、心の底からの純粋な愛情をはねつけてしまいがちだ。ぼくだって他者からの愛を受け入れられずに心苦しく思っていた時期がある。受け入れられない理由は人それぞれだろう。愛を信じられないとか、怖がるとか、鬱陶しいと思うとか。

でもちょっと考えてみてほしい。この世界では、本当の愛はめったに手に入れられない。さしだされたら受けとって大切にすべきだ。ボブが手本を示してくれているように、ぼくらもみんな素直に愛を受けとれたらいいのにと思う。

うんと楽しむ

どんな猫でも遊ぶのは大好きだ。その点はボブも同じ。お気に入りのおもちゃを弾き飛ばしては追いかけるを飽きることなく繰りかえしたり、壁にあたって揺れる日の光をつかまえようと跳びはねて遊ぶのが何よりも好きだ。クリスマスの時期になると、剝がされた包装紙を相手に何時間でも楽しんでいる。

遊んでいるときのボブは、ぼくらには見当もつかないものに心を奪われ、自分の世界に夢中になっているように見える。ネズミをつかまえようとしているのか？　とらえた獲物を放り投げては追いかけるという遊びがそんなに楽しい？　クリスマスプレゼントの包装紙をびりびりにするのは、紙が破ける音や感触が好きだから？　誰にも本当のところはわからない。

あきらかなのは、ボブが非日常の出来事として遊びを心から楽しんでいるということ。遊ぶとき、ボブはほかの世界を完全にシャットアウトしている。ぼくらにもそういう時間が必要なんじゃないかな。

時間の奴隷にならない

ボブはほかの猫同様に自分の体内時計に従って毎日を過ごしている。その時計で一日のはじまりと終わりや、眠る時間と食べる時間を知る。食事の時間だけは絶対に忘れない。体内時計を持っているとはいえ、ボブは時間の制約を受けない。毎日を楽しく過ごすのに時間は関係ないということだ。

ボブとちがってぼくら人間は時間に縛られている。時間にあわせて生活し、あっという間に時が過ぎると嘆いたりもする。つねに時間や日数、月数や年数を数えている。

ぼくらがボブの態度から多くのことを学べば、もっと楽しく充実した毎日を送れるかもしれない。一日の時間が増える……なんてことはないかな？

他人にどう思われようと気にしない

猫はほかの猫にどう思われるかと悩んだりはしない。まあ、ぼくの知るかぎりでは、だけれど。少なくとも、ボブが自分の評判なんか気にしていないのは確かだ。SNSのアカウントにいくつ〝いいね！〟がついているかとか（実際には何千もの〝いいね！〟がついている）、自分についてどんなふうに語られているかにはまるで関心がない。ボブはありのままの自分で毎日を過ごし、本来の性格を見せるだけ。それをみんなに気に入ってもらえるならすばらしいし、好かれなくても気にしない。ボブはボブ。それ以上でもそれ以下でもない。

ぼくらもボブみたいに生きられればいいのにと思う。多くの人間が、他人になんと思われているか、どういうふうに言われているかを心配して神経をすり減らす。とくに理由もなく上がったり下がったりする評判なんか気にせずに、ぼくらは本来の自分をもっと大切にしたほうがいい。ありのままの自分で過ごすことがいちばんなのだから。評判なんて一時《いっとき》のもの。自分は自分でしかない。

年がいくつだろうと関係ない

ボブはいま十一歳くらいだ。もしかしたらもっと上かもしれない。家猫なので二十歳くらいまで生きる可能性は充分にある。もちろん、ボブには年齢がいくつかという自覚はない。〝中年〟の域に入っているかもしれないが、〝中年の危機〟とは無縁だろう。

〝中年の危機〟に陥った人間はとつぜん劇的なことをやりはじめるらしい。たとえば、スポーツカーを買うとか、ネパールへ仏教の修行に出かけるとか。ふいに人生の残された時間に気づいて自分磨きをはじめるとか。だが、間違ってもボブはそういったことはしないはずだ。

ぼくらが知らないだけで、ひょっとするとボブは自分が年を重ねていると感じているかもしれない。たとえそうだとしても、〝いま何歳〟と数えたりはせず、ただ毎日を過ごしているだけだろう。みんなボブみたいに生きていけばいいんじゃないかな？　年齢によって区分されるなんて冗談じゃない。

年齢は単なる数字にすぎないのだから。

子どものころの気持ちを大事にする

年をとったかもしれないが、ボブは子猫のころの気持ちを決してなくしていない。幼かったときと同じように、いまも遊ぶのが大好きだ。

いつもおもちゃで遊ぶし、ガラス窓に映る影を追いかける。ダンボール箱や紙きれを見つけては、それを相手に存分に楽しむ。

ボブが遊ぶ姿を見ていると、以前、耳にしたフレーズが思いだされる。〝子ども心を忘れなければ、年をとるのが楽になる〟そういう考え方も大切だろう。

大切なのはどうやって生きるか

年をとったとはいえ、ボブはやりたいことをやって〝人生〟を全力で生きている。

一日じゅう丸くなって世界が移り変わっていくさまを見ていたければ、そのとおりにしている。何かを追いかけてずっと遊んでいたければ、そうしている。時がたつのも忘れて、自分の思うままに過ごしているのだ。

ボブを見ていると、ふっと思い浮かぶ言葉がある。〝大切なのは何年生きているかではなく、どうやって生きているかだ〟ボブはまさにこの言葉どおりに毎日を送っている。

柔軟に変えていく

年をとるにつれ、ボブは生活全般を微妙に変えてきている。

休みを多くとって疲労回復につとめているし、忙しい一日を送ったあとはたっぷり寝て、翌朝はいつもより少し遅めに一日をスタートさせる。一連の動作にも急いでいる様子はない。食べることに関しても変化が見える。夕食には好んで柔らかいフードを食べるようになった。時間はきっちり午後七時半。

すべて、自然な流れなのだろう。身体が変化を求めているのかもしれない。ここからもぼくらが学ぶべきことがある。必要とあらば、何事も柔軟に変えていかなくてはならない。

TRADE
GENTLEMEN

Street artists ©Garry Jenkins

In Harmony ©Garry Jenkins

UNION
TRADE

Hard at work ©Garry Jenkins

評判なんて一時《いっとき》のもの。
自分は自分でしかない。

Editor in Chief ©Garry Jenkins

PART 6

ボブ大学

ボブから学ぶことがたくさんある

ボブとの生活は教訓の宝庫だ。毎日、ボブから何かしらを教えられる。ボブがまわりの世界と交流する姿を見ているだけで新たな発見があるし、家にいるときでもいっしょに旅行に出ているときでも、ボブの行動を見て自分自身をかえりみることがある。

ぼくはまるで〝ボブ大学〟に入学した学生みたいだ。卒業はずいぶん先になるだろう。

何度失敗しても諦めない

ある夏の夜、ぼくは古い友人のスティーヴと会い、酒を飲んだ。

ちょうど酷暑の真っただ中で、ぼくらは屋外のビアガーデンに席をとった。横の壁の、地面から五フィートほどのところについているフックにリュックサックを掛け、ボブと並んでベンチシートにすわる。ボブは消えゆく日の光を浴びて心地よさそうにしていた。

ぼくはボブとスティーヴをその場に残し、店のなかのバーへ行った。戻ると、スティーヴが大笑いしていた。

「何がそんなにおかしいんだい」とぼくは訊いた。

「ボブがおもしろくって」とスティーヴ。

「ボブが何かしたのか？」

「きみのバッグのなかから何かを取ろうとしていたんだ。ボブにあげていいのかどうか、おれにはわからなかったから放っておいたけどね」スティーヴが指さす先を見ると、スナックのカラフルな袋がリュックサックのポケットから突きでていた。

「ああ、あれはボブが大好きなおやつなんだ。で、ボブはどうしたんだい」

「すごくおもしろかったよ。まずは、リュックサックに向かってジャンプしていた。でもうまくいかなかった。それで今度はあそこにある椅子の背もたれに乗っかったけど、バランスを崩して落っこちた」

　ぼくも笑わずにはいられなかった。

「もうちょっとで届きそうだったんだけどな。お次は、テーブルの上からジャンプして、リュックサックの横っちょに跳びついた。爪をひっかけて必死にぶらさがっていたけれど、こらえきれずにまた落っこちた。もう、ほんと、漫画みたいだったよ」

　ぼくはボブの首の後ろをぽんぽんと叩いた。

「きみは絶対に諦めないもんな、相棒」

　そう声をかけ、リュックサックから袋を取りだしておやつをボブに食べさせた。

「あれこそ、人生のモットーにすべきだな」とスティーヴ。

「なんだって?」

「七転び八起き」

　思わずぼくは微笑んだ。スティーヴは正しい。負けを認めちゃいけない。努力はかならず報われる。

ボブとぼくはある打ち合わせのあと、ウェスト・エンドを突っ切っていた。向かう先はニール・ストリートの〝元仕事場〟。そこでは古い友人で〈ビッグイシュー〉のコーディネーターのサムが販売員の配置をしているはずだった。しばらく彼女とは会っていなかったので、挨拶をするつもりでそこへ向かっていた。

いくらもたたないうちにボブがそわそわしはじめた。肩の上で動きまわり、「にゃあ」と大きな声をあげる。

ぼくは歩道にボブをおろし、おやつを食べさせてからまた歩きはじめた。だが、ボブはまだ落ち着かずにいた。二、三百ヤードほど歩いたあと、街角で騒ぎが起きているのが目に入った。もうもうと黒煙があがり、消防車のサイレンが近づいてくるのが聞こえた。現場にはすでに防火服を着た消防士が到着していて、規制線を張って旅行客や買い物客が近づかないようほかの道へ誘導していた。

大きな事件が起きたのはあきらかで、火事か、悪くするとテロリストの襲撃があったのかもしれない。ぼくはボブを肩に乗せ、迂回路へ入って地下鉄の駅へ向かい、そこからわが家のあるサリーへ帰った。

その後、それは民家から出たぼやで、キッチンのコンロがつけっぱなしにされていたのが原因だとサムから聞かされた。さいわいにも、怪我人はひとりも出ずにすんだという。だが、へたをすれば大惨事になったおそれもあったとのことだった。その出来事はぼくの頭から離れなかった。ボブが〝何か異変が起きている〟と事前にほのめかしてきたからだ。

猫は人間には予測が難しいことを感知する能力に長けている。たとえば地震とか、大嵐とか。人間の病気、とくに癲癇《てんかん》を見抜くらしい。ボブは直感的にウェスト・エンドで何かが起きていると察知した。運よく、ぼくの第六感がボブに従えと命じてきた。

あの出来事で、ずっと信じてきたことをさらに信じるようになった。それは直感や第六感に耳を傾けろということ。そういった感覚はつねに正しいのだから。

ほんの小さな行為が相手に大きな影響を与えるときがある

ある雨の日、ぼくはボブといっしょに店の軒先で雨宿りをしていた。雨脚は激しく、雑誌が売れる見込みはゼロに近かった。

そのとき、どこからともなく黄色いレインコートを着た、とても美しい黒髪の女性が近づいてきた。

話すアクセントから察するに、ロシアか、東欧の国から来た人のようだった。彼女はかがみこんで、ボブの首の後ろをやさしくなでた。彼女のブレスレットに目をやると、外国語の文字が刻まれていた。それはどういう意味ですか、とぼくは尋ねた。

彼女は笑みを浮かべた。「これはエストニアのことわざよ。わたしはエストニアから来たの。意味は〝小さなことに感謝しない人は、大きなことにも感謝しない〟」

「ズバリ、的を射ていますね」とぼくは笑みを返しながら言った。

ぼくらは二、三分、雑談を交わした。それから彼女は二ポンドをさしだして雑誌を買い、最後にもう一度ボブをなで、「ありがとう」と言って立ち去ろうとした。

「こちらこそ、ありがとう」とぼくは答え、彼女と軽くハグを交わした。

人とのふれあいのなかで、ほんの小さな行為が相手に大きな影響を与えるときがある。あの女性は雨のなかでボブをなで、雑誌を買い、ぼくと言葉を交わしてくれた。本人にとっては本当にささやかな行為だったろうし、時間にして数分の出来事だったけれど、ぼくはあの日いちばんの感動を覚えた。誰かを助けるために世界全体を変える必要はない。わずかな時間でその人の世界を変えられるときもあるのだから。

ときには大好きなものに浸ってみよう

いっしょに路上演奏をしていたころ、コヴェント・ガーデンやピカデリーで大勢の人に囲まれながらもボブがリラックスしている姿を見て、ぼくはいつも驚いていた。

まれにそわそわしだすこともあったが、すぐさまボブを落ち着かせるものがそこにはあった。音楽だ。ぼくがギターをかき鳴らしはじめると、ボブのボディランゲージに変化が現われた。もとのリラックスした状態に戻り、尻尾がワイパーみたいにゆっくりと右へ左へと動きだす。ハッピーだというしるしだ。音楽を聴くことがボブにとっては大きな喜びだったにちがいない。

最近では、ぼくが自宅の小さなスタジオでレコーディングをはじめると、音を聞きつけたボブがやってきて、ぼくのすぐ後ろにすわる。どんなに音が大きかろうと、ずっとそこにいつづける。

ぼくにとって音楽はいついかなるときも救いの神だ。音楽がボブにも影響を与えるのを見ていると、ぼくはあらためてこう思う。誰にでも落ちこんだり動揺するときがある。そういうときには気分をリラックスさせ、気持ちを上向かせるための原動力となるものが必要だ。たまには大好きなものに浸りきってみるのもいいんじゃないかな。

助けを求めるのも勇気

ぼくはボブといっしょにイズリントンのカフェのテラス席にいた。店自体にはヒッピー・ムーブメントの名残が感じられた。店内にはちょっとした哲学的な言葉や、賢者の教えとも言えそうな教訓っぽい格言が掲げられていた。

コーヒーをオーダーしにいったとき、そのなかのひとつが目に飛びこんできた。

〝ひとりで立てるくらい強くなれ、助けを求めるときを知るくらい賢くなれ、そして助けを求める勇気を持て〟

それを見て、はじめて会ったときのボブが頭に浮かんだ。

怪我を負ったボブはそのとき直面していた危険から逃れ、ぼくが住んでいたアパートメントに身を寄せたにちがいない。助けを得られるチャンスがそこにあると考え、直感に従ってぼくのところへ来たのだろう。

ぼくの場合もそれとほとんど同じだった。ホームレスだったころ、ぼくはみずからを危険にさらしていた。だが、なんとか意志の力を絞りだしてそこから抜けだし、薬物依存に打ち勝たねばと思い、治療法を探し求めた。

最近、ぼくはボランティア活動をしている。その一環として、薬物依存者やホームレスの人たちに何かアドバイスをしてほしいと頻繁に依頼される。途方に暮れ、みずからの運命から逃れられずにいる人びとに向け、ぼくはイズリントンのカフェで目にしたこの言葉を伝えている。どん底にいるとき、ぼくらはみな自分の足で立つ強さ、助けが必要なときを知る賢さ、そして何よりも助けを求める勇気を持たなければならない。

新しいものがいつでもよいとはかぎらない

何年ものあいだ、ボブのお気に入りのおもちゃは〝ヨレヨレネズミ〟だった。ぼろぼろのぬいぐるみで、ボタンの目に、ひもの尻尾がくっついていた。ボブはそれを突っついて爪でひっかくのが好きで、口にくわえて放ったり足先で弾き飛ばしては追いかけていた。そのうちにぬいぐるみはぼろきれ同然になり、原型をとどめない姿になりはてたが、ボブはぜんぜん気にしなかった。何よりも〝ヨレヨレネズミ〟が大好きだったから、それを相手に何時間でも遊んでいた。

ぼくは何度かそのネズミを回収して新しいおもちゃと取りかえたが、ボブは新しいものにはどれも興味を示さず、ヨレヨレを探してアパートメントじゅうをうろうろしていた。一度、ゴミ箱に捨てたこともあったが、ボブは諦めずにゴミ箱から拾いだしてきた。

汚れた布地をくわえてボブが病気にでもなったらどうしようとぼくは心配した。新品のおもちゃのほうがいいに決まっていると勝手に思いこみ、大切な点を見逃していた。

ぼくにとってヨレヨレは、ゴミ箱行きが当然の、見るも哀れな布のかたまりにすぎなかったが、ボブの見方はまるでちがっていた。〝ヨレヨレは自分のおもちゃだ。それと遊んでいれば楽しいし、無我夢中で追いかければ半端なく興奮する。ほかには何もいらない〟ボブはその後、何年もヨレヨレをいちばんのおもちゃにしていた。

いまは誰でも、なんでもかんでも新しいものを欲しがる。最新型の携帯電話やパソコンやゲーム、流行の最先端をゆく服。でも、なぜ？　まだ使えるのに買いかえる必要が本当にあるのだろうか。新しいものはそんなにいいのか？　よくよく考えてみると、いま持っているもので充分だと納得するはずだ。

困難な状況にも、何かしらいいことがある

映画〈ボブという名の猫〉の撮影現場でボブと働くのは、けっこう骨の折れる仕事だった。時間どおりに現場に着くために朝五時に起きなければならなかったからだけではない。

プロの役者猫たちとちがい、ボブは演技をする訓練を受けたことはなく、しばしば予測もつかない行動に出た。たとえば、カメラのレンズをまっすぐに見てほしいところで、うつむいたりそっぽを向いたり、とか。

カメラマンの要求に従ってボブの視線をレンズに向けるために、ぼくはあの手この手を考えださなければならなかった。カメラの後ろに陣取って指を鳴らし、〝こっちだよ〟という合図を

送ったし、ボブが部屋じゅうを見まわす場面では、レーザーポインターの光を壁のあちこちにあてたりもした。

当然と言えば当然だが、ボブがいつでも台本どおりに動くとはかぎらなかった。けれども、監督のロジャー・スポティスウッドはボブの台本を無視した動きを効果的に使ってくれた。

ある日のこと、じっとすわって部屋のなかを見まわすべき場面で、ボブはレーザーポインターの光を追いかけはじめた。ロジャーはカメラをまわしつづけ、ボブがネズミを追いかけるという別のシーンでその映像を使った。

この出来事に接してぼくは思った。人生もなかなか思いどおりにはならない。でも、どんなに困難な状況でも、何かしらいいほうへ向けられることがある。ことわざにもあるように〝どんな雲にも銀の裏地がついている〟こんなふうに、いつでもポジティブに考えていきたい。

誰にでも人にさしだせるものがある

ある年のクリスマスの一週間前、ボブとぼくは寒さに震えながらなんとか生活費を稼ごうとしていた。日も暮れたころにシャフツベリー・アヴェニューで路上演奏をしていると、救世軍のバンドとコーラス隊がやってきて、讃美歌の〈こがらし寒く吹きすさび〉を歌いはじめた。ぼくはその歌詞のある部分に引きつけられた。

貧しいわたしが、主《しゅ》に何をさしあげられるだろう
わたしが羊飼いなら、子羊をさしあげられるのに
わたしが賢者なら、わたしの才知を役立ててもらえるのに
けれども、わたしにも主にさしあげられるものがある
それはわたしの心

本当につらい時期で、ぼくはふいに自分を憐れんだ。

自分が何をさしあげられるかって？　そんなものは何もない。

だが、ぼくは間違っていた。

ちょうどそのとき、ひとりの女性が通りかかった。五十代くらいで、身なりはよいが少し悲しそうに見えた。

彼女はボブを見ながら訊いてきた。「この子をなでてもいいかしら」

「どうぞ」とぼくは答えた。

彼女が腰を落としてボブをなでているあいだ、ぼくらは話をした。その日は息子さんの命日とのことだった。母ひとり子ひとりの家庭で、息子さんが亡くなったいまは家に帰ってもひとりぼっちだという。以前、猫を飼っていたが、その子も半年前に亡くなったらしい。

「今夜は本当につらいの」彼女は涙ながらに語った。「思い出だけを胸に、ずっとひとりきりでいなきゃならないから。あなたは幸せね、ボブちゃんがいてくれるから」

こんな自分でも、つらい思いをしている人の話を聞いてあげることくらいはできる、とぼくは思いなおした。

誰にでも、何かしらさしだせるものがある。それがどんなにちっぽけでささやかなものであっても、ほかの誰かにとっては大きな意味を持つものかもしれない。どれほどみじめな気分でいても、ぼくらはそれを忘れてはいけない。

希望の力

ボブはどこへ行っても人びとを勇気づけ、感動を与えられるようだ。ボブに会った人、みんなの顔に笑顔が浮かぶ。感激のあまり涙を流す人までいる。正直なところ、はじめはどうにも理解できなかった。どん底にいる男の人生が猫に助けられて変わっていくだけの話が、どうして世界じゅうの大勢の人を感動させるのだろうかと。

ノルウェーのオスロでの出会いで、その理由がわかったような気がする。

オスロの出版社の人たちの紹介で、ぼくらはアンという女性と知りあった。アンは視力を失っているが、ぼくたちの本の点字版を読んでボブの大ファンになったという。

その目にボブの姿は見えなくても、アンはボブと会って大喜びだった。大勢の人に囲まれている場合、なでられてもボブが反応を示すことはあまりないが、アンになでられるとお返しに彼女の手に頭をこすりつけた。そのひとときがアンにとってはものすごく大切なのだと理解していたのかもしれない。

通訳の人が、この本のどんなところにあなたは感動したのですか、とアンに尋ねた。返ってきた答えはただひと言、希望、だった。

ボブとぼくの物語のなかに見出した希望は暗闇の世界に光を灯してくれた。それまでの自分にはなかった希望を与えてくれたとアンは語った。それはごくシンプルな答えだったが、非常に意味深いものでもあった。どこにそれを見出そうと関係なく、すべての人にとって希望を持つということがいかに重要なのかをあらためて感じさせてくれた。

ひとりぼっちじゃない

二〇一七年、ボブとぼくは幸運にも東京を訪れることができた。〈ボブという名の猫〉のプレミア試写会にゲスト参加するためだった。

イベントはとてもすばらしいものだったが、それとは別にもっとも感動したのは、ふたりの〈ビッグイシュー〉販売員、アキラとシンゾウと対談したことだった。シンゾウもミーと名づけた野良猫だった猫を飼っている。彼もかつては厳しい生活を送っていて、人の食べ残しで命をつなぎ、路上で寝起きしていた。〈ビッグイシュー〉を売りはじめてみたものの、思うようにはいかなかったという。なかなか人の目を自分に向けることができなかったのだ。だが、ミーといっしょに販売してみると、すぐに状況が変わった。

「みんながわたしに目を向けてくれるようになったんです」とシンゾウは語った。「足をとめ、話しかけてくれました」

アキラにも同じような経験があった。彼は公園で迷っている猫を見つけ、二週間その子の世話をしたあと、運よく飼い主を探しだし、猫をもといた場所へ返すことができた。飼い主が見つかるまでの二週間、アキラは自分の職場である地下鉄の駅前へ猫を連れていき、いっしょに〈ビッグイシュー〉を売った。

「ぼくはもう〝透明人間〟じゃなくなっていた。そのときの気持ちをあなたなら理解できるでしょう？」とアキラは訊いてきた。

「もちろん」ぼくはうなずいて、こう答えた。まわりの人にぼくの姿が〝見えた〟のはボブがいっしょのときだけだった、と。

まるで鏡をのぞきこんでいるような気がした。ぼくらは自分だけがふつうとはちがうと思いがちだ。こんなにひどい生活を送っている人間がほかにいるはずはないと。だが、それはちがう。どんなにひどい状況に陥っていようと、どれほど強く孤独を感じていようと、人は決してひとりぼっちじゃない。自分と同じような人間がかならずどこかにいる。同じつらさを味わっている人が。ぼくはボブのおかげで地球の反対側へ行き、それを知ることができた。

セカンドチャンスを逃してはいけない

ボブとぼくは家から遠く離れたベルリンまで足をのばし、サイン会を行なった。大勢のファンが来てくれて、一時間ほどは目がまわるほどの忙しさだった。ふと長い列に目をやると、集まった人びとのなかに見覚えのある女性がいた。彼女であるはずがない、とぼくは自分に言い聞かせた。あの人がベルリンにいるわけがないだろう。だが、その女性が列の先頭へ近づいてくるにつれ、ぼくは間違いなく本人だと確信した。ここでその名前を明かすことはできないので、仮にハンナとしておこう。

八年か九年前、ハンナはぼくと同じようにひどい毎日を送っていた。ホームレスで、ヘロイン常用者だったのだ。ぼくらはときどきロンドンの同じ場所で寝起きしていた。あのどん底の日々以来、ぼくは彼女に会っていなかった。

ベルリンの書店で列に並ぶハンナを目にしたいま、ぼくは言葉をなくすほど驚いていた。ぼくらはふたたび出会い、言葉を交わした。ハンナはロンドンを離れて過去と決別し、人生を立て直したと話してくれた。いまではクリーンな身体を取り戻し、友人もたくさんできたという。彼女の顔は健康的に輝き、いかにも幸せそうだった。そしてぼくらはまた会おうと約束しあった（その後、ぼくはふたたびベルリンを訪れ、彼女とより多くの時間を過ごした）。

それからの数日間、ぼくは再会の感慨にふけっていた。依存症との闘いは生やさしいものではない。挑んだ者みなが闘いに勝つとはかぎらない。だが、ぼくらはふたりとも希望を勝ちとり、将来を見据えている。通りでの過酷な日々をともに過ごした者たちの多くはそのような幸運には恵まれなかった。生き残ったぼくらはとても運がよかったと言える。

ぼくらはみな人生のセカンドチャンスを与えられている。けれども、失敗から何事かを学ばなければ、そのチャンスを生かすことはできないだろう。

明日はわが身

ある冬の夜、ウェスト・エンドを歩いているときにふいにボブがそわそわしだした。最初はボブが寒がっているのかと思ったが、そのあとすぐに誰かに尾けられていることに気づいた。

ここ数年で、ぼくもボブのように危険を察知するレーダーの感度がずいぶんと増した。そこでくるりと振りかえり、人ごみのなかにいる男の姿に目をとめた。身体つきがきゃしゃな、子どもとも言えそうな男で、髪は脂っぽく、リュックサックを背負っていた。

駅へ行くには路地を突っ切るのが近道だった。その狭い道に入ったとたんにボブが大声を張りあげた。男が駆け寄ってきて、いきなりぼくのリュックサックをつかんだからだった。

ぼくだってボブと同じように自分の身を守ることぐらいはできる。すかさず男を押しやると、男は逃げの態勢に入った。だが、いくらもいかないうちに何かにつまずき、道に倒れこんでしまった。それから身体を起こし、とつぜん泣きだした。

ぼくは見過ごせずに、そのまま数分間、彼を見つめ、声をかけた。何やら自暴自棄になっているように思えたからだ。彼はイギリス北部の出身で、虐待を受けていたため、無一文で家出してきたという。この一週間、安心して眠れる場所もなく、ほとんど何も食べていないとのことだった。ぼくはいちばんましなホームレス専用のシェルターを教え、頼りになりそうなボランティア団体の電話番号を紙に書いてやった。いくばくかの金も渡した。ぼくにできるのはそれくらいだった。

ホームレスだったときに学んだ教訓があるとすれば、それは路上で生活すると人は人間性を失うということだ。絶望、孤独、他者との断絶は人をどん底に突き落とす。その過程で、本来人間が持っているはずの感覚を失い、善悪の判断がつかなくなる。ぼくの身にも同じことが起きた。

ぼくはその青年に若いころの自分自身の姿を見ていた。

人は誰しも間違った選択をする。運命の何かの手違いで、ふと気づくと路上生活者になっていたという人もいるだろう。

運に見放されたら明日はわが身なのだ。

いままで歩んできた道を忘れてはいけない

ロンドンでのサイン会もそろそろ終わりに近づいていた。すでに三時間、ボブとぼくは来てくれた人たちに挨拶し、本にサインしていたが、それでもまだ書店のなかには長い列ができていた。

書店の店長は受付終了を宣言し、しぶしぶながらぼくもそれに同意した。

いつものように信頼できる友人が手伝いに来てくれていた。そのうちのひとりが困り顔で近づいてきた。「娘さんを連れたお母さんが来ているんだ。グラスゴーから列車に乗ってきたらしいんだけど、その列車が遅れていま着いたんだって。でも、受付は終了したって言われて。ふたりともどうしてもきみとボブに会いたいって」

「ちょっと待っててもらって」ぼくは彼の耳もとでささやいた。

サイン会が終了し、友人がその母娘を連れてきてくれた。ひとまずは椅子をすすめ、それからボブをなでてもらい、そのあいだにぼくらは言葉を交わした。長い時間のサイン会がようやく終わり、ボブも疲れているはずだったが、それでもボブはうれしそうにしていた。

「ほんとにありがとう」最後に娘さんがそう言い、ぼくらもそろそろ帰る時間だと告げた。「今日はママのお誕生日なの」

ぼくは微笑んだ。

「ありがとうだなんて……」ぼくはお母さんをハグした。「それはこっちのセリフだよ。あなた方のような人がいてくれなければ、ぼくは路上での生活から抜けだせなかったんだから」

ぼくらはときおり、いままで歩んできたつらい道のりを忘れてしまう。けれども、いまいる場所にどうやってたどりついたかを決して忘れてはいけない。そこへ到達できるよう手をさしのべてくれた人たちへの感謝の気持ちも。

人生にサプライズを

ぼくの人生の劇的な変化は〝驚き〟のひと言ではとても言い表わせない。ボブとの暮らしについての本を書いてみないかとすすめられるなんて、まったく想像だにしなかった。その上、その本が世界じゅうでベストセラーになるとは、青天の霹靂としか言いようがない。

さらに本が映画になって、ウェスト・エンドで開かれたプレミア試写会でボブとぼくが将来のイングランド王妃に紹介された、なんて話を誰かにしたら、ぼくは頭がおかしいんじゃないかと思われただろう。ところが、すべて実際に起きたことだ。

知恵とは変化から何かを学んでこそ身につくものだと言われる。自分の身に起きた変化の数々からぼくが何かしらの知恵を得なかったとしたら、ぼくの前途は暗いだろう。ぼくが学んだなかでももっともシンプルな教訓は、ときには運命に身をゆだねたほうがいい、ということ。

たまに、予期せぬすばらしいことが起きるときもある。予兆もなく、とつぜんに。どうしたらいいのかわからないくらい、あれよあれよという間に。そういうとき、いちばんいいのは流れに身をまかせることだ。

そして、人生のサプライズを楽しもう。

金で愛は買えない

ボブとぼくは東京のゴージャスなホテルの一室にいた。忙しい一日を終えたぼくらは、ルームサービスのすばらしいディナーを供されていた。ぼくにはおいしいステーキを、ボブにはグルメな猫が好みそうなチキン味のキャットフードを。まさに五つ星のサービス。

料理を味わいながら、なぜか心は過去に戻っていた。豪華とは言いがたい食事をとっていたあのころに。ぼくはボブとはじめてコヴェント・ガーデンで路上演奏をしたときのことを思いだしていた。あの日はボブのカリスマ性のおかげで、普段の二倍か三倍は金を稼いだ。自分たちへのご褒美として、ぼくはカレーを、ボブはちょっとだけ高級なツナのキャットフードを食べた。そのころのぼくの定番の食べ物は缶入りの豆。朝食のシリアルだけで一日を凌ぐこともあった。

じゃあ、今夜とあのころとは何がちがうんだろう。実際のところ、まえとは何も変わっていなかった。確かに、料理は立派な皿に盛られ、ワインは高級だ。でも、ボブにしてみればそれはどうでもいいことだった。

ボブにとっては、五つ星ホテルにいようが、アパートメントの五階にいようが、違いはまったくない。ぼくのポケットに十五ペンスしかなくても、五十ポンドあっても、どっちも同じだ。

金、富、なんでも好きなように呼べばいいが、そういうのは一時的に手にするものだ。入っては消えていく。ごちそうを食べるときもあれば飢えるときもある。金がごまんとあるときもあるし乏《とぼ》しいときもある。状況によって変わる、断片的なものにすぎない。

金は人生においてもっとも大切なものを与えてはくれない。そう、金で愛は買えないのだ。

東京の一流ホテルで王さまのような食事をしながら、ぼくはボブをぽんぽんと叩いた。通りでの生活に戻ることがあったとしても、ぼくは心豊《リッチ》かに暮らせるだろう。

ボブがいっしょにいてくれるかぎり。

謝辞

ボブとの生活のなかで得たもうひとつの教えを書いておかなければこの本を書き終えたことにはならないだろう。それは「ありがとう」と言うこと。ぼくが出版界にはじめて、恐る恐る足を踏み入れてからもう六年になる。二〇一二年に『A Street Cat Named Bob』(邦題『ボブという名のストリート・キャット』)が出版されたとき、ぼくの胸は恐れや不安でいっぱいだった。でも、何冊かの本を出版したいまは、新たな企画は信頼のおける古い友人たちとの再会のように思える。その友人たちのなかには、もちろんロウェナ・ウェブも含まれる。ロウェナはホッダー・アンド・スタウトンのぼくの担当編集者で、六年前にぼくのはじめての本を手がけ、今回はこの本をすばらしいものにすべく、惜しみなくアイデアを与えてくれた。ぼくからの最初の「ありがとう」はぜひとも彼女に受けとってもらいたい。同じく、ケリー・フッド、ロージー・スティーヴン、イアン・ウォン、ホッダーの才能あふれるチームのみなさん、すてきな線画を描いてくれたダン・ウィリアムズへもありがとうを捧げる。ぼくのエージェントのレスリー・ローン、そしてエイトキン・アレキサンダー・アソシエイツのみなさんにも感謝の言葉を贈りたい。ぼくにかわってさまざまな仕事をこなしてくれて本当にありがとう。最後に、ふたたびギャリー・ジェンキンスにも感謝の意を表したい。ボブとぼくがはじめてギャリーに会ったのは二〇一〇年の冬、場所はイズリントンのエンジェル。それ以来、長きにわたって彼はぼくらの本を支えつづけてくれた。つねに適切な言葉を選びだしてくれたことは言うまでもない。ギャリーに対してはいくら感謝してもしたりないくらいだ。終わりにあたってもう一度。みんな、本当にどうもありがとう。

ボブとジェームズについてさらにお知りになりたい方は
こちらのサイトをご覧ください。
www.streetcatbob.world

最新情報や写真をご覧いただけるツイッターとフェイスブックのアカウントはこちらです。
www.twitter.com/streetcatbob
www.facebook.com/streetcatbob

訳者あとがき

ジェームズ・ボーエンの処女作『ボブという名のストリート・キャット』につづく第二弾『ボブがくれた世界　ぼくらの小さな冒険』の訳者あとがきで映画化の件にふれ、「ボブの役を演じられる猫くんがいるのかと若干、不安」と書いた。ところがご存じのとおりボブがボブの役を見事に演じ、二〇一七年八月、映画〈ボブという名の猫　幸せのハイタッチ〉を引っさげてジェームズとともに来日した。ふたりは酷暑をものともせずにプロモーションに励み、東京で行われた映画のプレミア試写会にもゲストとして姿を見せた。大勢の人を前にして少しも動じることのないボブと、ひとつひとつの質問に丁寧に答えるジェームズ。ボブは日本で大人気の例のおやつをぺろぺろと食べて、ジェームズとのハイタッチも見せてくれた。自然体で振る舞うふたりの姿に、ああ、本当にこのふたりはお互いを信じきっているソウルメイトなんだなあ、という思いを新たにした。

ふたりの友情は二〇〇七年にはじまる。当時のジェームズは政府からホームレスの認定を受け、斡旋されたアパートメントに住み、路上演奏をして生活費を稼いでいた。その後、ホームレスの自立を支援する雑誌〈ビッグイシュー〉の販売員に転職し、ボブの助けを借りながら薬物依存症を克服していく。社会からの偏見や生活苦のなかでふたりは絆を深め、互いに思いやりながら日々の小さな幸せをわかちあう。SNSなどをとおして〝ビッグイシュー・キャット〟の存在が話題になり、二〇一二年にイギリスで『A Street Cat Named Bob』が出版され、ボブとジェームズは本国だけではなく、世界的に知られることになった。

原書の『The Little Book of Bob』は二〇一八年秋にイギリスで刊行された。ジェームズが親友であり師でもあるボブから学んだことを一冊の本にまとめたもので、日本語版の本書『ボブが教えてくれたこと』にはボブの写真が多数掲載されている。ボブに癒やされながら、ひとりでも多くの方が生きていく上での何かしら有益なヒントを本書から見つけてくだされば、ジェームズも大喜びだろう。

ジェームズが語るボブの知恵や教えは、ふたりのかかわりあいや実体験をとおして言葉にされているからこそ、強い印象を与える。ボブに支えられ荒波を乗り越えてきたジェームズにとっては、まさしく師の教えであるにちがいない。飼い主ではなくパートナー、無二の親友としてボブをリスペクトし、ボブから学ぼうとするジェームズの姿にはすがすがしいまでの率直さがある。心から相棒を愛する真摯で誠実な人間であることもうかがえる。来日のおりに開催された本のサイン会では、ひとりひとりの読者と話をし、本にサインするジェームズの姿がとても印象的だった（ボブはお疲れのためか、終始丸くなってぐっすり眠っていたけれど）。握手したその手は大きく、とても温かかった。そんなジェームズだからこそ、ボブは相棒として寄り添い、彼を見守りながらいっしょに生きていくと決めたのだろう。

現在、ボブとジェームズはロンドン近郊に居を移している。家には小さな庭もあり、フェイスブックにはその庭で休日を過ごすふたりの動画がときたま投稿されている。ボランティア活動などで忙しい時間の合間に、静かな自宅で英気を養っているようだ。映画で名演技を見せたボブは日本でも大人気になり、〈ビッグイシュー〉日本版の〈ボブという名の猫〉特集号ではその表紙を飾った。しかも早々に完売になるというおまけつき。ボブには驚かされることばかりだ。これからももっともっと驚かせてほしい。

ボブとジェームズの新作を訳出するにあたり、今回も辰巳出版の方々をはじめとし、多くの方のお力添えをいただいた。この場をお借りしてお礼を申しあげたい。本当にどうもありがとうございました。

二〇一九年六月

Busking on Islington Green ©Garry Jenkins

Merry Christmas Everyone ©Garry Jenkins

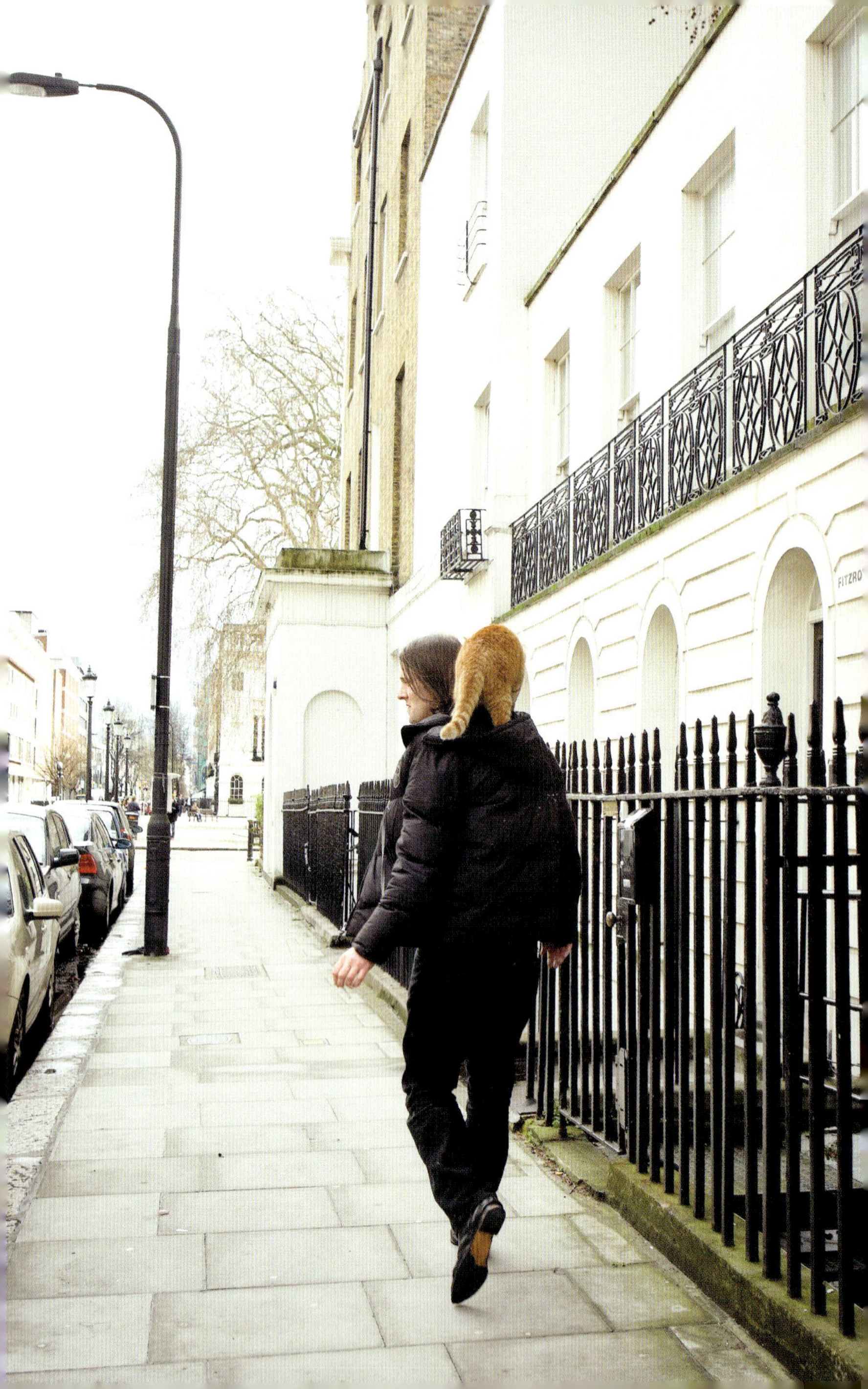
FITZRO

ぼくらはみな人生の
セカンドチャンスを与えられている。

Two Lions, Trafalgar Square ©Garry Jenkins

ボブが教えてくれたこと

2019年8月1日　初版第1刷発行

著　者　ジェームズ・ボーエン
訳　者　服部京子

発行人　廣瀬和二
発行所　辰巳出版株式会社
〒160-0022
東京都新宿区新宿 2-15-14　辰巳ビル
電話 03-5360-8956（編集部）
03-5360-8064（販売部）
http://www.TG-NET.co.jp

印刷・製本所　図書印刷株式会社

本書へのご感想をお寄せください。また、内容に関するお問い合わせは、お手紙、FAX(03-5360-8073)、メール（otayori@tatsumi-publishing.co.jp）にて承ります。恐れ入りますが、お電話でのお問い合わせはご遠慮ください。

落丁・乱丁本はお取り替えいたします。小社販売部までご連絡ください。

ISBN 978-4-7778-2357-4 C0098　Printed in Japan